レインツリーの国

有川 浩

角川文庫
19265

レインツリーの国
目次

レインツリーの国

1
直接会うのが駄目やったら、
せめて電話だけでもどうかな。

一体何の拍子でそんなことを調べてみようと思ったのかは自分でも分からない。

後から思えばそれが運命だったのかな、なんて思う。

＊

大学を卒業し、関西から上京して入社三年目——東京にも仕事にも少しは慣れて、余裕が出てきたことがそんなものを思い出させたのかもしれない。

中学生のころに読んだライトノベルのシリーズ。実家に戻れば「捨てるな」と厳命してきた蔵書の中に背表紙が日に灼《や》けて色が抜けたその文庫本は眠っているはずだが、今でもその出版社からその本が出ているかどうかは知らない。何しろ十年以上も前の本だ。

当時は読書好きな友達がいなかったので、その本の感想を話す相手はいなかった。ただその結末を呆然《ぼうぜん》と受け止めて、——ちょっとしたトラウマになった。

その後もそのシリーズを何度となく読み返した。だが完結巻だけは滅多に読み返せなかった。

俺以外の奴《やつ》は、あのラストをどう受け止めてたんだろう？

今更本当にどうでもいいことだ。本当にどうでもいいことをふと思い出して調べてみる気になった。それはやっぱり運命だったのかもしれない。

思いついたのが一年早くても一年遅くても駄目だった。その年でなければ。そのときでなければ。

とにかくその夜、向坂伸行《さきさかのぶゆき》は初ボーナスで買って三年目のノートパソコンで、そのライトノベルのタイトルを検索したのである。

＊

まだ絶版にはなっていなくて、装丁を変えた復刻版が出ているらしい。まだ売っているのか、と何となく嬉《うれ》しくなった。

しかし古いタイトルのためか感想はあまり見当たらない。それもラストに言及しているものはすぐには見つからなかった。

その感想を見つけたのは検索結果を何ページか送った後である。

『……私にとっては忘れられない本です。

滑り出しはハチャメチャなSFアクション、しかも主人公たちは当時高校生の私と同じ高校生。おばかで開けっぴろげで同じクラスにいそうなフツーの男の子たち。それが特殊工作員顔負けの大活躍！　謎《なぞ》の組織にさらわれたヒロインを取り返そうと敵地へ乗り込んで、ハチャメチャのムチャクチャを繰り返し、ついには取り返してハッピーエンド。

そんな感じで明るく楽しく始まったこのシリーズに、最後の最後で打ちのめされるとは思ってもみませんでした。

今までのハチャメチャが通用しない。隙《すき》のない大人たちの包囲網でどんどん主人公たちが追い詰められていく展開に、息苦しいような閉塞感《へいそくかん》を覚えました。

何をどう抗《あらが》っても状況が打開できない無力感が、読んでいる私にもじっとりと絡《から》みついて。もしかしたら……と浮かぶ想像を打ち消しながらページをめくりました。

きっと、最後は何とかなる。何とかなってくれる。

けれど、最後に主人公カップルは決定的に引き裂かれたのです。しかも、ヒロインの決断によって。追手から逃げ回る生活をヒロイン自身が拒否したのです。

どこまでも二人で逃げよう、と訴える彼に、どこまで逃げたって変わらないよ、と彼女は首を振ります。一生逃げ続けるの？　と。

そして彼を含むクラスメイトたちは日常へ戻り、彼女は一人非日常へ旅立ちました。彼女がまるで最初から存在しなかったように日常は動いていく。お互いに好きで、二人とも生きているのに、もう二度と会えない。

物語はそこで終わります。

恐《こわ》い物を見たように急いで本を閉じました。何の救いもない終わりでした。

この本を好きだった友達も、みんなショックを受けていました。きっと、あの当時この本を読んでいた人はみんな同じようにショックだったと思います。

もっと言ってしまえば、傷ついたと思います。

作者に裏切られたと怒っている人もいました。もう二度と読まないと。子供っぽい身勝手な怒りかもしれませんが、それほどまでにあのラストは当時の私たちには衝撃が大きかったのです。

私たちはこの作品が好きで、この作品を書いてくれた作者が好きで追いかけてきたのに、何で作者はこんなふうに私たちを傷つけたんだろう？　きっと私たちはそんなふうに思っていたのです。

　私たちの好意を拒否されたように思っていたのです。

　その結果が悲しくて、作者に拒否されたことが悲しくて、大好きだったその作品はなかなか読み返せない本になりました。

　そしてそれだけに忘れられない本にもなりました。深く突き刺さって抜けない棘《とげ》のように。いつもは忘れていても、ときどきそこに棘が刺さっていたことを思い出してドキッとするのです。

　そんなふうに、ときどき思い出してはドキッとして目を逸《そ》らしながら、十年が経《た》ちました。そして、十年経って初めて、私はあのとき別れを選んだヒロインの気持ちが分かったような気がするのです。

　あの本を読んでから私は高校を卒業して進学し、苦労しながらではありますが就職先も見つけて今は何とか社会人をやっています。

　そして大人になって初めて、彼らもずっと高校生のままではいられないんだと気がついたのです。

　今は高校生ならではの後先考えないがむしゃらさで、謎の組織と大立ち回りできる。心配は出席日数と単位のことくらい。でも、進学して仲間が別れ別れになったら？　就職したら？　こちらの都合に構わず襲ってくる敵に、ずっとこの最強の仲間たちで戦い続けることはできないのです。

彼と彼女の二人で逃げるとしても、決して諦《あきら》めない敵に二人は一生逃げ続けないといけないのです。定職にも就けず、始終ビクビクして。

いつか彼がそんな生活に嫌気が差したら？　自分と結ばれたことを後悔したら？

今の私ならそう思います。そして何よりも。

彼のことを好きであればこそ、自分に関わらなかったら普通の人生を歩めるはずの彼を、自分の終わりのない逃避行に付き合わせる訳にはいかない。

愛さえあれば、なんてウソだとさすがにこの年になると分かります。愛でごはんは食べられないし、家賃も払えないし、服も買えない。残酷なほどに滑稽《こっけい》な現実が先にあります。彼女はきっと彼より先にそれに気づいたのです。

私が彼女でも別れます。だってそれしかないから。

そして私は十年目にして初めて、あの物語のラストはあれしかなかった、と思ったのです。

だってあのラストがハッピーエンドだったとしたら、私はこんなに長い間この物語に思いを寄せ続けていたでしょうか？　「ああ楽しかった！」で本を閉じていたら、十年間もこんなに囚《とら》われていたでしょうか？

この物語が十年経っても名作とファンの間で語られ、復刻版が出るほど支持されているのは、あの痛いラストがあったからこそではないでしょうか？

もしかすると、あの辛《つら》いラストは作者からの宿題だったんじゃないかと思います。何故《なぜ》、あのラストだったのか。その答えを見つけるのが読者に出された宿題だったのかも。

私は、十年目でやっと宿題を終わりました。私なりの結論ですが。

もう読まない、とぷんぷん怒っていた友達とはすっかり疎遠《そえん》になってしまいましたが、今もう一回あのラストについて話し合ったら、彼女は何て言うかな。

って、こんな十年も前の個人的な思い出をクドクド語っても誰も面白くありませんよね。失礼しました。」

面白くありませんよね、の後ろには女の子らしいカワイイ顔文字がついていた。

いや、俺は面白かったよ。心の中でそう返事をしていた。

十年目の宿題。伸行も読んでからちょうどそれくらい経つ。

俺もちょっと宿題を考えてみようか、なんて思ったのは、文章の端々から真摯《しんし》な物の考え方が伝わってくるこの人に影響されたのかもしれない。

っていうか、この人とこの話をしてみたいかも、俺。

検索で感想ページに直《じか》に飛んでいたので、トップページを探して戻る。

さっぱりしたセンスでまとめられたトップページはどうやらブログのようだ。日常の日記などはブログで管理して、コンテンツは外部のスペースを組み合わせて使っているらしい。

ブログのタイトルは『レインツリーの国』。プロフィールの名前は『ひとみ』で、公開してあるプロフィールは『都内在住、2X歳、女性』だけだ。

もしかすると公開してないかなと思ったメールアドレスは、メニューの最後のほうに小さく表示されていた。

クリックすると自分の側のメールソフトが自動で立ち上がる。真っ白なメール作成画面に少し気持ちが怯《ひる》んだ。ネットはもっぱらロム専門で、巡回しているサイトでも管理人にメールを出したことはない。

……取り敢《あ》えず、書いてみるだけ。

だってこんなの、男が一人で感傷混じりにテキストに起こすだけなんて空《むな》しすぎるし、誰かにメールするって体裁があったほうが書きやすいし。別に書いても出す必要ないんだし。

やけに内心で言い訳が多かったのは、彼女の感想に反応したい本音を認めることに気後れしていたからかもしれない。

しかし、「はじめまして」と書き出してみると、堰《せき》を切ったようにキーを叩《たた》く指が走りはじめていた。

Title：はじめまして

ひとみさんへ

はじめまして。

昔好きだった『フェアリーゲーム』の感想を探していて、『レインツリーの国』にたどり着きました。

僕も『宿題』が解けなかったクチです、あのラストは痛かった！（笑）中学生活で一番の衝撃だったかもしれません。

でも、ひとみさんの宿題論を読んで、僕もあのラストを改めて考えてみようと思いました。いきなりですみませんが、ちょっと話させてください。

僕もあのラストで『突き放された感』を味わいましたが、それはひとみさんのように「好きだという気持ちを拒否された」感じじゃなくて、「ままならなさ」を初めて突きつけられたからだったと思います。

めっちゃショックやったけど、そのとき同時に「ああ、世界は自分の思い通りにはならんのやなぁ」と思ったんです（すみません、出身が関西なんでシャベリは関西弁のほうが楽なんです。読みにくかったらごめんなさい）。

それまで僕が読んでいた本や漫画は、読んでる僕らに一番楽しいように書かれてるヤツばっかりで、僕はそれまで本は僕らに楽しいように回ってくれるのが当たり前やと思ってました。あの頃のジャ〇プ漫画とか、必ず「正義は勝つ！」やったし（笑）。

でも、『フェアリーゲーム』で僕は初めてその当たり前から突き放されました。

今思うと、僕はあのラストで「人生はままならない」、「世界は自分の思い通りにならない」ということを気づかされたんやと思います（ちょっと大袈裟《おおげさ》かも）。

子供の頃って自分は何でもできるっていうか、何にでもなれるっていうか、万能感とかあったような気がします。社会のこととか全然分からんのに、何でか無闇《むやみ》に自信満々やったり。この辺思い出すと今でもちょっと痛いです（笑）。うわー俺めっちゃアホやってんなぁ、って。

でも、その根拠のない自信や万能感をあのラストで「違う」と気づかされて、それで僕にはあのラストは居心地が悪かったんやと思います。

僕にとってもあの本は胸の奥に引っかかってたまに存在を主張するトゲで、居心地が悪かったことだけ強く覚えてて、そんで思い出すたびに何かそわそわしたんやけど、ひとみさんの感想を読んで初めて今日こんなことを考えました。

僕にとっても宿題は終わったかもしれません。

でも、ひとみさんに一つだけ反論したいことがあります。


＞私が彼女でも別れます。だってそれしかないから。


僕は男やから男の立場で物を考えてしまうのですが、やっぱりあのヒロインの決断は「それはないやろ」と思います。

君一人で決めんなや、二人のことやん、と思います。

一生ビクビクして逃げ回らなあかんって言うけど、そんなん分からんやん。例えば、敵に従ったフリして自分もその組織に入って長期的に内部から切り崩すとか。やり方は色々あったと思うわ。

俺に何にもできんって勝手に決められたのもちょっとむかつくわ、俺のことそんなに信用できんかったんかって。定職に就かんでも好きな女との生活くらい守れるよ。社会人になったからこそ俺はそう思う。

別れるにしても、彼女が勝手に考えて決めたことを一方的に押しつけられて終わるのはナシやで。それは俺があんまりやん。

あ、ちょっとエキサイトして関西弁丸出しになってしまった（笑）。すみません。途中で俺とか言ってるわ、失礼やな俺。

ええと、初めてやのに何か馴《な》れ馴《な》れしくなってしまってすみません。

ひとみさんの感想は、僕にはすごく面白かったです。僕はあの頃、周囲にこの本を読んでいる友達がいなかったので、ずっと誰かとあのラストのことを話したかったのです。一方的に話してしまったけど、ありがとうございました。

そこまで書いて署名をどうするか迷った。向こうもハンドルネームだし、こういうときに本名はいきなり使わないだろう。だが、今までネットは閲覧専門でメール連絡などは友人知人としかしていなかった伸行はハンドルネームは持っていない。

適当でいいや、と本名から一字取って「伸」と書き入れる。

取り敢えず書くだけ、なんて言い訳したものの、書き上げてみるとやっぱり送ってみたくなった。

返事は来ないかもしれない。むしろ来なくて当然だ。見も知らない男からいきなりこんな長文のメールが送られてきたら警戒するだろう。

でも、今書いたこのことを相手に送るだけでよかった。

送信ボタンを押した時点で伸行にとってその行為は完結しており、そこから何かが続くなんてことはまったく想像の外だったのである。

＊

「おわ!?」

メールチェックをして思わず叫んだ。日頃は登録しているメールマガジンや宣伝のメールばかりの中に見知らぬ個人アドレスが混じっており、その名前は「ひとみ」となっていた。そのハンドルの人にメールを送ったのはつい昨日だ。

Title：はじめまして

　メールありがとうございました。『レインツリーの国』管理人のひとみです。

　伸さんのご感想は私からも大変興味深く、また嬉《うれ》しかったです。

＞でも、ひとみさんの宿題論を読んで、

「宿題論」なんて言われるとちょっぴり大袈裟で恥ずかしい感じですが、伸さんも同じ宿題を終えられたのだとしたら何だか共感というか、親近感が湧《わ》きました。長い宿題でしたよね。

　私が『フェアリーゲーム』の感想を書いたのは半年前、サイトを開設したばかりの頃です。自分の備忘録的に作ったサイトで、今までに読んだ本のことも書こうかなと『読書』のコンテンツを作ったとき、一番に書いた感想でした。やっぱり私にとって『フェアリーゲーム』は特別だったので。

　そしてこの感想にご意見を下さったのは伸さんが初めてです。ブログの日記のほうではコメントやトラックバックを頂くこともありますが、本の感想にわざわざメールを下さったのは伸さんだけです。感想は何となく書きっぱなしというか、書けば私が満足って感じで、レス機能とかもつけてなかったし。

でも、特別な本の感想に、すごく真面目《まじめ》で率直なご意見を頂けたのは、本当に嬉しかったです！　伸さんにとってもあの本が特別で大事だったということがメールからすごく伝わってきて、ああ、この話ができる人がモニターの向こうにいたんだ、って思いました。

＞「人生はままならない」

伸さんのこの意見に何だかすごく納得してしまいました。あのとき私が感じた閉塞《へいそく》感《かん》も、人生が思い通りにならないことを知った失望だったのかも、と思いました。

でも、今まで自分では気づかなかった視点なのですごく新鮮です。同じ本を読んで、同じように衝撃を受けて、気づくものは人それぞれ違うんですね。

＞僕は男やから、男の立場で物を考えてしまうのですが、

この「男の立場からの意見」も新鮮でした。私は女なのでやっぱりヒロインの立場から考えてあの意見だったのですが、男の人からはそんな考え方もあるんだなって。

彼を好きだからこそ彼の人生をめちゃくちゃにしたくなくて身を引く、というのは大人になった私にはすごく腑《ふ》に落ちたのですが、男の人がそれで傷つくということは

思いつきませんでした。

私がいなくなったらそのときは悲しいかもしれないけど、それは時間と共に薄れる感情だし、きっといつか私のことなんか忘れてほかに好きな人ができるから、だからごめんねって思いでした。

でも、別れるから悲しいだけじゃなく、彼のほうにもいろんな考えや意志があるんですよね。だとしたら彼女は、彼の気持ちを一方的に他のものと一まとめにして振り捨ててしまったわけで、それは彼は傷つきますね。

うーん、でも、彼に幸せになってほしいから振り捨てたってことにいつか気づいて許してほしいかも……


∨社会人になったからこそ俺はそう思う。

この部分を読んだとき「この人すごい」と思いました。すごく前向きですよね。

私なんか大人になって「どうせ無理だ」「どうせ駄目だ」ばっかり学習しちゃって、『フェアリーゲーム』のあのラストもすんなり受け入れちゃったのに、この人はまだあのラストを「諦《あきら》めない」方向で考えられるんだなあ、って。まだあの恋を諦めない思いの強さを持ってるんだなって。

仲さんはきっと、今でもいろんなものを分かったようなフリして諦めるんじゃなくて、いろんな物事に対して自分に何ができるか考え続けておられる方なんだろうなと思いました。

私はそういう強さがないから羨《うらや》ましいです。

何だかちょっとクサイことを書いてしまって恥ずかしいです。仲さんの前向きさに引きずられたかも!?

それではメールをありがとうございました。私のほうこそあのラストについてお話ができて楽しかったです。

あ、それと。

「俺」とか「関西弁」とか、私は全然気にしませんよ。むしろ、あれが出てきた辺りから仲さんのテンションが上がってるのが分かって面白かったです。

それではまた。

ひとみ

「うわ……」

読み終わって、自分の口元を隠すように押さえた。ワンルームの一人暮らしで誰に見られるわけでもないが、だらしなくにやけた口元が自分で決まり悪い。

すごい、来た、マジで。

「繋《つな》がった……」

自分にとってはメールを送った時点で完結していて、反応など期待していなかった。それだけに心情を率直に吐露できたところもあったのだが、率直に素の自分をさらけ出したところへ、これまた直球のリアクションだ。しかも送った翌日だから相手もよほどのテンションだ。

トラウマになるほどのめり込んだ特別な本を巡るやり取りだからこそ、テンションがお互いに上がっていることが分かり、そのテンションの高さがまた心地よかった。

自分が一方的に投げたものに何かが繋がるなんて期待していなかっただけに余計。

うわぁ、俺、こんなにワクワクするの、

「めっちゃ久しぶりや……」

あの日、あのとき。あのラストについて誰とも語り合えなかったもどかしさが今更埋められるなんて。

まだ話したい。——なんて、ネット上ではルール違反だろうか？

でも彼女は「それではまた」と次に続いてもおかしくないような結びだ。ここから更に返事を出しても許されるだろうか。それとも社交辞令でこうして結ぶものだろうか。

逡巡《しゅんじゅん》は結局、もともと返事など期待していなかったのだからどこで切れても駄目元だという開き直りで決着《ケリ》がついた。

決着がついたとなったら迷うことなどない。

Title：RE：はじめまして

こんばんは、お返事ありがとうございました。返す刀でまた返信してすみません。

正直、返事がもらえると思ってなかったんで、めっちゃびっくりしてます。

でもめっちゃ嬉しいわ、まだ話せるんやって思った（関西弁ＯＫって話やったんで素で行かせてもらいます）。

＞ああ、この話ができる人がパソコンのモニターの向こうにいたんだそれはこっちの台詞《せりふ》です。俺のほうがびっくりしてて めっちゃ嬉しいです（二度目や、くどいな。関西やから勘弁してください）。

ひとみさんはあの頃一緒に読んでた友達がおったみたいやけど、俺はホンマに誰もおらんかったから。俺は中学の頃に読んだんやけど、周りはサッカー三昧《ざんまい》やったし。

（俺はGKでした、けっこう運動部も経験してます、高校は剣道でした）

あのラストで誰かと話したい欲求はひとみさんよりも強かったと思う。十年ぶりでそれが叶《かな》うなんて思いませんでした。ひとみさんに感謝！

V今まで自分では気づかなかった視点なのですごく新鮮です。

俺にはひとみさんの「ずっと高校生のままではいられない」が新鮮でした。

そうか、だからあのラストやってんや、と気がつきました。そうや、進学して就職してってなったら、どんどん無理が出てくるんや。

俺の感じた「ままならなさ」っていうのは「今は必ず終わってしまう」というか、

……ええい、恥ずかしいけど言うてしまえ。

「青春は絶対に終わってしまう」ということに気づいたことがきっかけになってると思います。うわぁ、書きながら赤面しそうやけど笑わんといてな。

∨いつか気づいて許してほしいかも……

前のメールでは「むかつくわ」なんて書いてしまったけど、許すよそんなん。っていうか、「むかつく」の中には自分に対するむかつきも入っています。

彼女がそんな思い詰めて、そんな決断を一人で下してしまったことに対して、何もできなかった自分への不甲斐《ふがい》なさとか情けなさです。

彼女は俺に言われへんかったんや、俺は支えてやれんかったんやという自戒もあるので、彼女に対して怒りを覚えるということはありません。

ただ、自分を見限られてしまったことが悲しいだけです。彼女に自分を見限らせてしまったことが悔しくて悲しいんかな。自分の力のなさが悔しい。

ただ、それでも信じてほしかった。話してみてほしかった。そこはちょっと恨んでしまいます。もちろん、彼女にごめんなって気持ちが圧倒的やけど。でも俺も一緒に行きたかったよ、という未練です。

多分あいつはその未練をいつか思い出にして、普通の子と結婚するんやろうな。

∨私はそういう強さがないから羨ましいです。

何か褒め殺しみたいで照れてしまうわ。俺はそんなに強くないですよ。ただ、この年になるとその状況でやれることをやらんと仕事にならへんから。職場で鍛えられたのかもね（笑）。だから、あのときのあいつらの状況でも絶対に、彼女のヒステリー（ごめん、俺にはあの決断はストレスのあまりヒスったように思えます、当事者やし女の子やからしゃあないけどな）で全部「終わり」にしてしまう前に何かできることはあったと思います。

でも、高校生やった奴《やつ》らにそれを求めるのは酷やということも分かります。

俺は大人になった傍観者やからこんなことが言えるんやと思う。

って、フィクションの話やのにめっちゃマジになってんなぁ俺（笑）。顔を知らん会ったことのない人相手やと、けっこう恥ずかしいことも言えてしまうもんですね。新発見です（実は俺はネットで知らない人にメールしたのはひとみさんが初めてです。それくらいひとみさんの感想に気持ちが動いたっていうことやけどな）。

ネット上の人付き合いの間合いがよく分からないので、テンションに任せて返事を書いてしまいましたが、迷惑やったらごめん。いつでも切ってください。

でも、もし迷惑じゃなかったら、たまにこんなふうに本の話とかができると嬉《うれ》しいです。サイトの読書歴を見るとけっこう俺とも被《かぶ》ってるし、ひとみさんの読み方とか感じ方には興味があります（ちょっと失礼な言い方かな、ごめん）。

それではひとまずこんなところで。

伸

最後に読書歴が似ていると書き足す前に『レインツリーの国』で読書のコンテンツを確認してきた。共通点があったほうが次回に繋がるかなという小さな計算だ。

しかし被っているのは嘘《うそ》ではないので、ほかにもいろいろ話をしてみたいのは本音である。趣味がある程度被っていて、しかも視点が自分と微妙に違うのがまた面白い。

駄目元という状況もいつになく自分を大胆にさせていた。また返事が来るかどうかなんて分からないのだから、メールを出すならそれくらいは言ってみたほうが得だ。

直接会うのが駄目やったら、せめて電話だけでもどうかな。

知人ならもう少し探りを入れたり慎重になるが、いつでも相手から一方的に切れるのなら慎重になったって意味がない。

送信ボタンを押そうとして、直前で思いとどまった。さすがに即日で返事が来たら引くな、という計算がブレーキをかけたのである。

一旦《いったん》保存して、書き上げたメールは明日帰ってから出すことにした。

*

翌日は急な飲み会に駆り出された。

他部署との懇親会ということだったが、要するに若い連中で合コンがてらのノリで、根回しの末に女子の多い部署との会を実現したものらしい。あまり興味はなかったが「頭数が足りない」という理由による先輩の参加命令には逆らえなかった。

お前狙《ねら》いの子もいるって話だぜ、果報者！　などと言われていたが、座がくだけてきた頃ふと気づくと横に縦ロールの女の子が座っていた。

女優のナナコ狙いでギリギリ二塁打、化粧で稼いで三塁に届かせましたって感じか、と冷静な分析は、実家が美容院をやっていた関係だ。

キレイになりたい女性を次から次へ捌《さば》く環境に子供の頃から慣れていたので、伸行は女性の容姿に関してはあまり心が動かない境地に至っている。見た目で印象を左右されない代わりに判定も機械的だ。

化粧や服で上乗せしているとしてもともかく三塁には届かせているのだから、社内でそこそこ美人のほうになるのだろう。彼女を窺《うかが》っている男も何人かいるようだ。

「向坂くんってぇー」

男受けすることを自覚している女性特有の甘ったるい口調や態度は、発揮する相手さえ間違えなければ強力な武器になるだろうが、伸行相手では空振りだ。

せっかく容姿に気を遣っているのだから、もっとハキハキ喋《しゃべ》ったほうが頭良さげに見えるのに、などと余計なお世話を考える。

「関西弁ちょっといい感じだよねー？」

「そう？　仕事のときは標準語のつもりやけど」

「ほらぁ、その『やけど』とか。普段の喋りで出るじゃない？　ちょっといい感じ。ねえ、喋って喋って」

「そんなん言われても……」

「わーっ、イイ！　すごくイイ！」

仲行としては普段通りの喋り方なのに、いちいちはしゃがれると言葉を喋らされている九官鳥のようであまり気分がよくない。

「ほらー、今ドラマで『君はどこにいるの』ってあるじゃない？」

彼女が挙げたのは、仲行もたまに観《み》る平日十時の連ドラだ。若い女性に人気の俳優が関西弁で喋っている。

俳優は関西出身ではないはずだがそこそこイントネーションを勉強している様子で、関西人が「聞いてられない」ような陳腐な台詞回しではなかった。

「あれ観てたら関西弁っていいなーって」

ああなるほど、そういうことね。要するに仲行ではなく、関西弁を喋る男に興味があったわけだ。内心で苦笑するが顔には出さない。ミーハーだなぁと呆《あき》れるが、一応先輩の顔を立て、いつもより関西弁のイントネーションを強くして話に付き合った。

話題はもっぱらテレビや芸能人のことばかり、仲行には心底どうでもいい話だったが、どんなどうでもいい話にも合わせられるのが仲行の特技である。昔から読書好きで、今もビジネス書から小説まで手当たり次第に読むので知識は広く浅く、テレビもそこそこよく観るので、余程ディープでなければどんな話題でもついていける自信がある。

中身のない会話と適当な笑いでその場を流しながら、早く飲み会が終わらないかなと考えていた。

家に帰ってメールを出したい。昨日書き上げて一日寝かせた「ひとみ」宛《あ》ての例のメールだ。

返事は来るだろうか。来るとしたら今度は俺の意見にどんな返事をするだろうか。彼女から何か新しい話題は来るだろうか。それはどんな話題だろうか。

自分と似ていて少し違う感性と、それを的確に伝えてくる誠実な文章が、思い出すだけで心地よかった。

きっと実際に喋っても楽しいだろうな、と思った。自分が投げかけた言葉に打って響く返事はどんなだろうか。

「ねえねえ、関西弁で『好き』って言ってみてー」

……きっとこんな興醒《きょうざ》めするようなことは言い出さない。

「イヤ」

「えー、何で。言ってみるだけじゃない」

いつの間にやらカクテルが三杯目になっていた二塁打ナナコは、酔いも手伝ってか伸行にしなだれかかるように甘えた。それを何気なく、しかしきっぱり押し戻す。

「俺は九官鳥やオウムとちゃうで。好きって言葉は大事やろ。初めて会っただけの人に意味なく言いたくないわ」

あ、ちょっときつかったかな。彼女が鼻白んだ瞬間に幹事が手を打って注目を集め、お開きと二次会への移行を告げた。

「向坂、行くだろ？」

「すみません、今日はやめときます」

二塁打ナナコと少し気まずく終わったし、彼女は二次会にも出るようなので伸行はここで消えるのが気遣いというものだろう。

それに、

「ちょっとこれから用があるんで」

「何だよ、今からか？」

追いすがる質問は会釈《えしやく》で体よく切り上げ、伸行は二次会に向かう群れからはぐれた。

用があるんです。——家に帰って、メールを一通送るんです。言ったら呆れられただろうか？　合コンを蹴《け》るほどの用事かよ、と。

蹴るほどの用事です、俺には。

全然期待していなかった返事が一回来ただけでこんなにワクワクするなんて思いも寄らなかった。投げてみるだけでいいと思っていたのに、投げてみた糸が繋《つな》がったら驚くほど強くそれをたぐりたくなっている。

こんなことは生まれて初めてだった。伸行は自他共に認める淡泊な性格だったし、会ったこともない他人にこんなに執着するなんて自分でも信じられなかった。

二次会に出たら帰りは0時を回る。そうしたら「ひとみ」がメールを受け取るのは明日になるだろう。もし彼女から再び返事があるのなら、このまま糸が繋がるのなら、一日も早く。

自宅に帰ると十時過ぎで、ネクタイを解くのもそこそこに伸行はノートパソコンを立ち上げて「寝かせた」メールを送信した。

＊

「来たァ！」

メールチェックでまた叫んだ。返事があるとしても数日は空くだろうなと覚悟していたのに、「ひとみ」からのメールは飲み会の翌日に届いた。

「すげえ、即レスやん」

タイトルにはまたかわいらしい顔文字が入って『こちらこそ』とある。迷惑そうな感じではないし、だとすればこのレスポンスの速さは向こうもノリノリだ。

Title：こちらこそ

またまた返す刀でラリーに持ち込んでしまってすみません。ひとみです。

迷惑なんてこと全然ないですよ。私のほうこそ、思いがけずこんなに楽しくお話しできる人と知り合えて嬉しいです。

∨許すよそんなん。

よかった〜。って、私はあのヒロインじゃないのに変ですね（笑）。でも、ここは敢《あ》えて伸さんがカレ代理、私がカノジョ代理ということで……ヒロインは美少女って設定なのにおこがましいかな？　そこは目をつぶってください！

そして伸さんが「許すよ」と言ってくれて嬉しかったです。伸さんが許してくれるなら、主人公のカレもきっとカノジョを許してくれるよね。

仲さんが自分の力のなさが悔しいって言ってたけど、男の子の考え方だなって思いました（男の子、とか失礼ですか？　ごめんなさい！）。

勝手にヒステリー（この言い方に笑っちゃった、確かにあのときのカノジョは一種のヒステリーだったかも）起こして一方的に終わらせちゃったのに、男の子はそれを責めないんだなぁって。責めないで悲しんでくれるところが、男の子の懐《ふところ》の深さなのかなぁって思いました。

男の子全般じゃなくて、仲さんの懐の深さかな？

＞多分あいつはその未練をいつか思い出にして、
関係ないけど、ここが何だか微笑《ほほえ》ましかったです。仲さん、カレのことあいつって呼ぶんですね。何だか友達みたい。仲さんが昔、どれだけ彼らに感情移入して大事にあの本を読んでたか伝わってくるようです。

でも、本の登場人物に実在の人物のように語りかける感覚は私にはないなぁ。これ、読み方の男女差でしょうか、個人差でしょうか。

カノジョはきっとカレがいつか他の誰かと恋をして結婚しても祝福すると思います。でも、ときどきでいいから私との恋も青春の一ページとして思い出してくれるといいな、みたいな。

私もけっこう恥ずかしいこと言ってますね、仲さんの青春菌がうつった⁉

∨それくらいひとみさんの感想に気持ちが動いた
うわあ、こっちこそ褒め殺しで照れてしまいます。私、自分の思ったことを勝手に書き散らかしてただけなのに。

でも、あの感想のおかげで仲さんと知り合えたんだとしたら、それはすごいかも。


ところで、仲さんはあの仲間たちの中で誰が一番好きでしたか？

私や女の子の友達は、ぶっちぎりであの一番行動力のあるバイク乗りの眼鏡のカレでした！　かっこよかったんですよね。あとは、その眼鏡のカレと喧嘩《けんか》ばかりしてた男勝りなヒロインの友達。きっぷがよくて、女の子に好かれるかっこいい女の子って感じでした。私もあんなふうになりたかったな。

男の子の人気はやっぱりヒロインかな？　私はあの本を読んでた頃、男の子の友達が少なかったので、男の子がどんなふうに読んでたか興味があります。

それでは今日はこの辺で。お仕事とか忙しかったらお返事はあまり無理をしないでくださいね。ゆっくり待ってますから。

ひとみ

「……ッしゃあ！」

思わずガッツポーズが出た。

完璧《かんぺき》に繋がった。「ひとみ」は迷惑がっていない。「ひとみ」もやり取りを楽しみにしている。——俺と同じように！

ゆっくりなんか待たせるものか。むしろ俺が待てない。すぐに返事が書きたい。

Title：RE：こちらこそ

メールありがとう、迷惑じゃないって言ってもらえてめっちゃ嬉《うれ》しいわ。

正直、ちょっと図々《ずうずう》しいお願いやったかな、と心配してました。顔も知らん男からいきなりこれからも話したいとか言われたら女の人は引くかなあって。

ヘンな下心とかじゃないって信じてほしいんやけど、とにかく俺は、ひとみさんと『フェアリーゲーム』の話ができてすごい楽しかったんや。

勝手にこんなん言ったら怒られるかもしれんけど、俺はひとみさんと感性が似てる気がする。読書歴とか感想とかかなり被《かぶ》るし。でも、ひとみさんの考え方や感じ方は俺とは全然違うところがあって（他人やから当たり前なんやけど）、その似てるのにズレてるところがめっちゃ面白い。

『フェアリーゲーム』の話ももっとしたいけど、他の話もいろいろしてみたい。

俺はネットをあまり信用してない人間やったから、ネットでこんなふうに素の自分をさらけ出して話ができる人が見つかるとは思っていませんでした。むしろリアルの友達とかよりいろいろさらけ出してる感じがするわ。

迷惑じゃないって分かったらこれからどんどん話してしまうで。俺、お喋《しゃべ》りやからびっくりせんといてな。就職で東京に来て地元の仲間と離れてから、ガーッと喋れるヤツが近場におらんなってて、ひとみさんと話すの楽しいんや。

でも、ひとみさんはひとみさんのペースで付き合ってな。そっちこそ返事とか無理せんといてください。無理して縁が途切れたら悲しいし。

＞男の子全般じゃなくて伸さんの懐の深さかな？

またまた、そんなに乗せようったってあかんで。でも男はそんなもんやと思うよ。俺の友達とかは、俺とは比べ物にならんぐらい人間ができてでしっかりしてるヤツらばっかりやし。俺はヤツらに比べたらまだまだです。

男は友達でも「あいつには負けられん」って感じがあって、成長を張り合っている感じがします。自分がどうしょうもないヤツのままやったら置いていかれてしまう、みたいな。こいつの友達にふさわしい自分でおらなあかん、みたいな。

他の人は知らんけど、俺らの仲間内ではそうでした。その緊張感がまた心地ええんやけどね。

＞何だか友達みたい。

俺が主人公のことをあいつと言ってしまうのは、『フェアリーゲーム』の登場人物たちと友達になりたかったからやと思います。って、これはひとみさんの指摘で気がついたんやけど（笑）。

俺は多分あいつらのクラスメイトになりたかったんやろうな。一緒にハチャメチャやりたかったんや。

高校に行ったらあんなふうな（って謎《なぞ》の組織はおらんけど）楽しい生活ができるんかなってすごく期待したんやけど、高校はあんまり楽しくなかったわ。ちょっと人生でも個人的にきつい時期に被ってたしな。

俺が『フェアリー』的なムチャクチャで楽しい学生生活ができたのは、大学のときでした。バイトと奨学金で生きてたからめっちゃキツかったけど、そのぶんめっちゃ楽しかった！

∨伸さんの青春菌

ひどい言われようやなぁ。

でも、俺はひとみさんも相当なもんやと思うで。俺からうつったんやなくて、元々保菌者やったんちゃう？　自分のメール読み返してみ、結構クサいこと言ってるで。人のせいにしたらあかんわ（笑）。

…………

＊

それから「ひとみ」とまめにメールを交わす日々が始まった。

どんなに疲れていても家に帰ると真っ先にメールチェックをするのが日課になった。互いのメールが三日と空かないものすごい「ラリー」が続いた。

何かの勝負してるみたいやな、俺ら。

そんなことを送ってみると、「ひとみ」からも「負けませんよ」とおどけたような返事が来た。おどけたように見せかけて照れ隠しであることが分かる文面だった。

お互い顔も知らないことが却《かえ》って短期間で深く知り合わせた。現実の知り合い相手ではとても言えないような恥ずかしい、「ひとみ」曰《いわ》く「青春菌」に冒された台詞《せりふ》の応酬が続いた。

恥ずかしい台詞をカウントして揚げ足を取り合うようなやり取りもくすぐったくて楽しい。

明日から出張です、数日留守にします。俺からメールがなくても泣くなよ（笑）。

そんなふうにからかうと、「ひとみ」からもツンと澄ましたようなふざけた返事が来る。

伸さんこそ、私と喋れなくてホームシックにならないようにお気をつけて！

……まるで、

それだけは冗談に包んでも書けたことはない。――まるで付き合ってるみたいやな、俺ら。

バカバカしい。お互い顔も知らないのに。さすがに「ひとみ」もドン引きだろう。

だが、ほかの誰にも言えないようなことを打ち明けているのに相手の顔も知らないことが、そのうち飢えのような強い欲求になった。

会いたい。

以前の会社の飲み会で二塁打ナナコを隣に、「ひとみ」と実際に会って話をしたらどんな感じだろうと軽い気持ちで思ったが、

今は軽くない。切実だ。それはメールを重ねれば重ねるほど積もる。

自分の投げかけた言葉にメールのようなタイムラグなしで返ってくる彼女の言葉は。どんな声で、どんな喋り方で。推敲《すいこう》がないライブならどんな言葉を選ぶ。
特別な本を介して知り合った、顔も知らない特別の彼女は。
一体どんな顔をしている？　どんな背格好で、どんな仕草をする？　スカート派かパンツ派か、髪はショートかロングか。
やがて、飢えのような欲求は臨界を越えた。初めてメールを交わしてから二ヶ月目。

なあ、一回勝負してみんか？

気軽な調子で持ちかける。

会って話してみん？　顔合わせて、いつもどおり恥ずかしい会話を平常心で出来たほうが勝ち。面白そうやない？

頼む、乗って。俺はもう君に会わずにいるのは限界だ。同じ都内に、会える範囲に君がいると知っているのに。

だが、その勝負を持ちかけてから、「ひとみ」の返事は史上最長の五日間空いた。

＊

くそ。先走った。

悶々《もんもん》と過ごした五日間だった。仕事でもミスをして上司に却って心配された。今更仲行がするはずがないと周囲の誰もが思うようなミスだったからだ。

重ねてメールは打てない。顔も知らない男から会いたいなんて持ちかけてこのうえ追い詰めたら、きっと「ひとみ」は怯《おび》えて逃げてしまう。

重ねて打つとしたら「ごめん、イヤだったらいいよ」と提案を撤回するしかない。だが、撤回もしたくなかった。できることなら会いたいのだ、やはり。

もし「ひとみ」が迷っているなら、会うほうに天秤《てんびん》が傾くのを限界まで待ちたい。なあ、でも俺は君にとってそんな警戒しなきゃならない相手か。

顔も知らない、それは確かだ。でもお互いほかの誰にも言えないような恥ずかしい「青春菌」を晒《さら》し合ったはずじゃないのか。自分の友達にだってここまで晒したことはない。

ここまで晒してまだ信じてくれないのか。

会いたいのは俺だけか。

八つ当たりのような苛立《いらだ》ちを抱えて帰路についた。今日メールが来ていなかったら、会おうという提案を取り消すメールを出そう。

ごめん、もしかして迷惑やった？　軽い気持ちで言っただけやし気にせんといてな。

まあ、顔も知らん男からこんな勝負持ちかけられても困るよな(笑)。

冗談で流す文面を考えながら、一縷《いちる》の期待を籠《こ》めて最後のメールチェックをする。

するとこの二ヶ月で誰よりも馴染《なじ》んだアドレスが表示された。

タイトルは『ごめんなさい』。

心がすっと冷えた。もうメールしないとか、そういう？

体に悪い動悸《どうき》を感じながら受信したメールを開く。

Title：ごめんなさい

お返事が遅くなってごめんなさい。気を悪くなさってないですか？

お会いするという話にずっと悩んでいました。

すごく正直な気持ちを言うと、私も伸さんと会ってみたいです。でも、それと同じくらい、会うのが恐《こわ》い気持ちも強いです。

どうか誤解しないでください、伸さんが信用できないからってわけじゃないんです。むしろ、一回も会ったことがないのに伸さんのことはとても身近に感じます。友達にも言えないようなことを伸さんにはたくさん言っています。

でも、会ってがっかりされるのが恐いのです。それならこのまま、メールで何でも話せる親しい人のままでいたいなって。

私はあんまりきれいじゃないし、本当に会ったら……


最後まで読み終わるより先に返信を書き始めていた。


がっかりなんて、絶対そんなことないよ。

前にも言ったやんか、ポーズつけてるみたいに思われるかもしれんけど、俺は女性の見かけにあんまり興味ないんやって。

そもそも俺は君の頭の中身が好きなんやから、

そこまで書いて、自分が躊躇《ちゅうちょ》なく好きという言葉を使ったことに動揺した。慌《あわ》てて書き直す。

そもそも俺は君の頭の中身にしか興味ないんやから、見てくれは関係ないよ。

これくらい、かな。カッコで（却って失礼かな、ごめん）と付け足してみる。

頼むわ。ぶっちゃけるけどマジで会いたい。今までメールで話してきたような考え方をするひとみさんに会いたい。

メールも楽しいしもちろん続けたいけど、直《じか》に話してみたいんや。君の言葉を君の声で聞きたい。

白状するけど、俺いま必死やわ。君も俺に会ってみたいって思ってくれるのが本当やったら……

書き終わってみるとまるでかき口説いているようだった。好きという言葉を使っていないだけという感じだ。

だが、「ひとみ」はなかなか会うことには応じてくれなかった。「伸」に会いたくないわけではないと何度も繰り返し、それは嘘《うそ》ではないという気持ちが強く伝わってきたので伸行もそこに食らいついた。

直接会うのが駄目やったら、せめて電話だけでもどうかな。
もし途中で嫌になったら着信拒否してくれてええから。

そう提案したとき初めて「ひとみ」は折れた。電話番号を一緒に書いておいたので、『分かりました』というタイトルのメールが来たときは自分の番号を伝えてきたのかと思ったが、意外にも直接会おうという話になった。

伸行としては直接話さえできたらそれでひとまず満足だったので電話でもよかったのだが、直接会えるならそれに越したことはない。

そして初秋のある土曜日に、初めて「ひとみ」と会うことになった。

2
「……重量オーバーだったんですね」

伸さんって声は高いほうですか、低いほうですか？

＊

会うという話がまとまるまでに「ひとみ」が訊《き》いてきたことである。

男としては普通やと思うよ。でも、高い声はあんまり出えへんなぁ。カラオケとか歌わされるときは高い音が出んで往生するわ、音域が狭いねん。それに歌ヘタやしな(笑)。

他に何かこっちのことで訊きたいことある？

会うかどうかを決めるのに少しでもこちらのイメージを摑《つか》みたいのだろうと、質問には何でも答えるつもりでいたが、「ひとみ」が訊いてきたのは結局それだけだった。

待ち合わせは紀伊國屋《きのくにや》の新宿本店。これは「ひとみ」の提案である。『フェアリーゲーム』を発行している文庫レーベルの棚の前、という指定には唸《うな》った。いいセンスだ。本好きなら絶対に迷うわけがないし、待ち時間が苦にならない。

ネットを調べると『フェアリーゲーム』は全巻在庫があったので、先に着いたほうがこのシリーズを立ち読みしていることを目印にした。もしなくなっていたら、同じ作家の新刊のどれか。

外見的な特徴はお互い確認しなかった。その待ち合わせで絶対に分かるという確信があった。念のため携帯アドレスは交換したが、携帯番号のほうは交換を言い出した「ひとみ」が教えてこなかったので伸行からも言い出さなかった。せっかく引っ張り出すところまで来たのだから、余計なことを言って警戒させたくない。

そしていざ当日の土曜日である。天気はあいにくの雨だった。

あぁクソ、うざいなぁ。

雨足はそれほど強くないが一日降り続きそうな雲の低さで、傘を持ち歩かなくてはならないことが鬱陶《うっとう》しい。それでも一番気に入っている秋物のジャケットを出した。バーゲンで万札を片手近くはたいたとっておきで数年来愛用しているが、シーズンの最初を雨の日に着たことは今までない。

伸行の住んでいる沿線から新宿までは小一時間かかる。昼過ぎの待ち合わせに間に合うように午前中に家を出た。

雨が降っているので地下街から回り込んで、店に着いたのは読みどおり待ち合わせの十分前だった。文庫を売っているコーナーに向かい、目的のレーベルを探す。

若い年齢層向けのレーベルや漫画を固めてあるその階の一画は、土曜日であることも相まって制服姿の学生が多い。新刊の島に群がっている少年少女をかき分けるように既刊の列に入り込む。

……やばい。めっちゃドキドキしてきた。

「ひとみ」はもう来ているだろうか、それともこれから来るのだろうか。

見つけるのと見つけられるのではどちらがいいだろう。女性からは声をかけにくいかもしれないから、それらしい人がまだいなかったら現れるまで別のところで待って声をかけに行ったほうがいいだろうか。

そんなことをぐるぐる悩みながら目的のレーベルの列に入ると、男性客がちらほらと立っている通路の途中に一人だけ女性が立っていた。

裾《すそ》をぱつんと切りそろえた真っ黒な長い髪。音楽でも聴いているのか、その重たい髪にヘッドホンの細いアーチがかかっている。服装はフレアスカートをボトムにややフェミニン系。

俯《うつむ》いて本に読み入っている彼女の前が目当てのレーベルの棚で、近づいて確認すると、彼女の読んでいるのは『フェアリーゲーム』の完結巻だった。

ああ、——君がそうか。

『ひとみ』さん？」

声をかけたが、彼女は気づかなかった。読み入っているうえにヘッドホンの音楽で聞こえないのかもしれない。

いきなり触るのは憚《はばか》られるよなぁ、と肩を叩《たた》いて気づかせるアクションは自重し、彼女の視界に入り込むように顔を窺《うかが》う。

相手が顔を上げたところ「『ひとみ』さんですか？」ともう一度尋ねると、彼女は慌《あわ》ててヘッドホンをむしり取り、提げていたバッグに押し込んだ。

そして、

「『しん』さんですか？」

そう訊いた。

虚を衝《つ》かれて戸惑った伸行に、彼女は不安そうに身を引いた。

「すみません、人違い……」

いや、と伸行は手で押しとどめた。

「僕です。『ひとみ』さんと待ち合わせたのは僕です」

うわ、いきなり挙動不審や。伸行は思わず顔をしかめた。心配そうに見つめてくる彼女に口籠《くちご》もりながら言い訳する。

「あの、呼び方がちょっと……」

じっと見つめていた彼女が一拍置いて答えた。

「……あ、もしかして『のぶ』さんでしたか？」

「いや！　『しん』でいいです」

また押しとどめる。

その場しのぎで作ったハンドルは本名から取ったので自分では無意識に『のぶ』と読んでいたが、彼女に『しん』と呼ばれてみると思いのほかその響きが心地よかった。

「読み方、決めてなかったんです。でも今決まりました。伸です、はじめまして」

彼女はまたややあってから笑った。

「何ですか、それ」

あ、よかったほぐれた。伸行もほっとしながら合わせて笑った。

「いや、本名が伸行なんで何となく『のぶ』かと思ってたんやけど『しん』のほうが気に入ったから」

「いいんですか、私の一言で変えちゃって」

「ええよ、どうせ君と話すためだけに作った名前やし」

今までずっと向き合っていた彼女は、初めて戸惑ったように目を伏せた。

「……すごい。実物も青春菌満載ですね」

「え、そうかな」

言われて放ったばかりの台詞《せりふ》を検分すると、確かにちょっとクサかった。君と話すためだけにとはどこの少女漫画かという話だ。自覚すると照れるので自覚させないでほしい。

「私も本名からで、ひとみです。はじめまして」

ひとみはぺこりと頭を下げ、ぱつんと切った長い黒髪が揺れた。


取り敢《あ》えず昼飯ということになり、「ひとみさん、どこがいい?」と尋ねた伸行にひとみの返事は「静かなところ」だった。

食べたいものを訊いたつもりの伸行としては、意表を衝かれたリクエストである。

「ええと、何か食べたいもんとか、苦手なもんとか」

売り場を出ながらもう一押ししたが、ひとみは笑って会釈《えしやく》しただけだった。

雰囲気重視で何でもいいということだろうか。同僚に訊いて店はこの近辺で和洋中と一通り調べておいたが、人気店として紹介されたので「静かな」というリクエストには応じられそうにない。

下準備がいきなりのご破算で軽くへこみつつ、書店を出て傘を開いた。ついてくるひとみの傘はオレンジの縁取りが入ったクリームイエローだ。はぐれないようにその色合いをインプットして、視界の端にロックオンする。

……晴れてたらよかったのになぁ。

やむ気配のないしぶとい雨足を恨めしく眺める。ただでさえ混み合う新宿の通りだ、傘を差して並ぶのは難しい。歩きながら話せたら食事までにそれなりに馴染《なじ》める自信があったのだが、傘の直径で距離が離れるうえに雨で雑踏や車の騒音も増している。

それでも振り返り気味にちょっとしたことを話しかけてみるが、やや遅れてついてくるひとみにはやはり聞こえにくいのか、困ったような笑顔で首を傾《かし》げられるばかりだった。

移動中は割り切ろうと店探しに集中する。静かなところということで賑《にぎ》わっている表通りは避け、横道に逸《そ》れて奥まった場所にアジア風のカフェを見つけた。

空《す》いているのは場所のせいか味のせいか、微妙な賭《か》けだ。

「ここでいい？」

尋ねるとひとみも頷《うなず》いたのでここで賭けとなった。

窓際《まどぎわ》のボックス席が余裕でいくつも空いていて、もしかして負けが濃いかと賭けが微妙に不安になるが、とにかく静かな店というリクエストだけはクリアした。

メニューを見るとタイ料理がベースらしい。いきなり料理をシェアするのもどうかと思われたので、ランチセットから伸行が先に選ぶとひとみも別のセットを選んだ。

「天気残念やったな、せっかく出て来てもらったのに」

注文を終えて伸行から無難な話題を振ると、水を飲んでいたひとみは弾《はじ》かれたように顔を上げた。

「そんなことないですよ、私も会いたかったですし」

天気のことを振ったつもりだったが、ひとみは台詞の後半に引っかかったらしく、フォロー口調の返事だった。せっかく来てもらったのに、というのはそれほど僻《ひが》んで聞こえたかなとちょっと心配になる。

「いや、ひとみさんが嫌々来たとかは思ってないよ。ちゃんと会う気になってくれたんは信じてるし」

「あ、はい、もちろん」

取っかかりはちょっと噛《か》み合わなかったが、何とかギアが合ったか。どうやら彼女は少し緊張しているらしい――が、

それにしてはまっすぐ見てくるよなぁ、と伸行は少し視線を泳がせた。会ったときから思っていたが、向き合うと見つめ合う態《てい》になる。どうでもええけど自意識過剰な奴《やつ》なら俺に気があるとか絶対思うでこれ、などとわざわざ考えたのは勘違いするなよと自分への警告だ。

「昨日は緊張してあんまり眠れませんでした」

「あ、何かすっごい挙動不審系とか変な男が来るんちゃうかって心配で？」

からかい口調を投げてみると、ひとみも一拍遅れて笑いながら「いやだ、もう」と手を振った。隣に並んで歩いていたら、軽く肩くらいどやされていた感じだろうか。あぁくそ、メシまでにこれくらい馴染めてたらな。

「むしろ私のほうががっかりされないか心配で」

それはメールでも先から言っていた。私はあんまりきれいじゃないし、だったか。確かにあまり垢抜《あかぬ》けてはいなかった。一言で言えば「惜しい」。髪型変えるだけでも大分イメージ変わるのにな、というのは例によって美容院育ちの観察眼である。

伸ばしっぱなしをぱつんと裾だけ揃《そろ》えた黒い髪は、量も色も本人の顔立ちや服装に重すぎた。髪質や輪郭からしても絶対ショートだ。カラーリングは本人の好みもあるので何とも言えないが、ショートにすれば地毛の黒も今ほどぼったり重くはならないだろう。髪型で大分損をしている。——ぶっちゃけてしまうと本人に一番似合わない髪型だ。

もう少し洒落《しゃれ》っ気を出したらもっと生きる素材なのに、というのは余計なお世話か。

「いや、ひとみさんはイメージ通りやったよ」

あけすけな観察結果は伏せて無難な印象論に逃げる。いろいろと惜しくはあるが、そこも含めて「らしい」キャラだ。あまり女力を主張するタイプが来ていたらむしろ引いていた。

「え、イメージ通りってどんな」

今までに培《つちか》っていたイメージをそのまま説明したらまた青春菌を振りまいてしまうので、「感じのよさそうな人やなって」とまた無難に逃げる。

「あ、伸さんも思ってたとおり話しやすい感じです。話すときもやっぱり関西弁なんですね」

「あー、今やってるドラマみたいな？」

「……重量オーバーだったんですね」

先日の合コンで二塁打ナナコにその話題を振られたのを思い出して苦笑気味に相槌《あいづち》を打つと、ひとみは「そういえば関西弁の人が主人公のドラマやってますね」と別にそちらからの連想ではないらしい。

「私、ずっと東京だったので方言って直《じか》に聞いたことあんまりなくて。テレビの芸人さんみたいにガーっとまくし立てるような感じかと思ってたんですけど、ネイティブの人は意外と穏やかな感じなんだなって。思ったよりも分かりやすいし」

「ネイティブて」

言葉の選択に微妙にウケた。

「そんなテレビみたいにテンション高く喋《しゃべ》ってる人ばっかりちゃうよ」

「でも、昔観《み》たバラエティとか、大阪で街頭インタビューか何かしてたとき普通の人がプロの人みたいにツッコミとかしててびっくりした……」

「あー、確かにノリのええ人は多いかもなぁ。ノリツッコミは標準装備やし。下町のおばちゃんとか最強」

大阪のおばちゃんの最強ぶりをいくつか話すと（石切神社など地元のバラエティがよく取材に入るスポットでは、参道の店のおばちゃんが「あんた久しぶりやなぁ！」などと勝手に取材に入りにくる、など）ひとみは素直に笑ってくれた。

「何か方言っていいですよね、羨《うらや》ましい」

「え、そうかな。関西弁とかガラ悪いって嫌う人も多いと思うけど」

「んー、何か『田舎の言葉』が羨ましいっていうか。東京も江戸言葉とかあるけど、うちは標準語だったたし。言葉で地元を感じることってなかったからそういうのあるといいなぁって」

言葉で地元を感じる、というのはいい表現だった。地方人としては悪い気はしない。

同じように方言が話の種なのにこれほど内容が変わるものか、と二塁打ナナコには悪いがつい比べてしまう。

「確かに実家帰って電車に乗ると関西やなぁって思うわ」

「あ、やっぱり？」

「周りの人の話が聞こえるやろ？　それ、ほとんど最後にオチがついてんねん」

すごい、とひとみは笑い転げた。

「多分関西人のＤＮＡに刻まれてるんやで、話題変えるのはオチがついてからとか。話した奴が落とさんときは聞いてる奴がツッコんで落ちてるしな。大阪住んでたときは気づかんかったけど、東京出て来てよう分かったわ。東京の人って、会話必ずしも落ちへんよな」

「それは東京の人には限らないかも……ほかの地方でも必ずしも落ちないいんじゃないかなぁ」

ゆっくり話す子やな、と話しながらそんな印象を受けた。喋る速度が遅いわけではないのだが、こちらの話をじっと聞き入って、それから返事が来るので会話のテンポが自然とゆっくりになる。おっとりしているからそうなるのかと思ったら返す言葉は意外と率直だったり、なかなかパターンが摑《つか》めない。

こちらの話を聞き入るときはじっと見つめてくるのはデフォルトのようで、これに慣れるのは時間がかかりそうだ。ただでさえ印象がプラスに積まれている女性に頻繁に見つめられると、なかなか無心ではいられない。

伸行のほうは多少どぎまぎする場面もありつつ、多少打ち解けたところで注文したランチが来た。

食べはじめると賭けのほうは微妙に負けた感じである。

最初は敢えて触れなかったが、ひとみのほうがあまり食が進んでいない感じだったので途中でいたたまれなくなった。

「イマイチやったな、ごめん」

詫《わ》びるとひとみが慌《あわ》てたように顔を上げた。

「え、あ、何て」

「いや、あんまりおいしくなかったからごめんなって」

「そうですか？　私タイ料理って食べたことないからこんなもんかなって」

「あ、食べたことなかったん？」

「はい、辛いものがちょっと……」

言いかけてひとみは明らかに口を滑らせた顔をした。「……でも全然駄目ってわけじゃなくて。ちょっとだけなので」慌てて付け足したが、箸《はし》が進んでいないのはその〝ちょっと〟のラインを超えているからだろう。微妙な味を香辛料でごまかしているようなレベルではあった。

辛いものが苦手なら先に言ってくれたらよかったのに。最初に好みを尋ねてあった手前、少しがっかりした。しかし、あまり自分の希望を主張できないタイプなのかもしれない。

「食べ切れんかったら残したらええよ」

食べられないなら、と言うと角が立ちそうなのでその言い方で勧めると、ひとみも素直に箸を置いた。食後の飲み物はアイスのミルクティーを頼んだので、やはり相当きつかったらしい。

「今度から苦手なものあったら言うてな、避けるから」

　これはどちらかというと「今度から」というほうに重点を置いた下心含みだったが、ひとみは見る間に「ごめんなさい」としおれてしまい、まったくの逆効果である。

「いや、あんまり俺に遠慮とかせんでええよってだけやから。俺もひとみさんが辛いもんあかんの覚えとくけど」

「辛いもん、かんの？」

　焦《あせ》って早口になったせいで語頭の「あ」が消えたのか、ネイティブ関西人と初めて話すひとみには分かりにくかったらしい。

『あかん』。いけないとか駄目って意味な。俺もひとみさんが辛いもん駄目やって覚えとく」

　訳してから自分でちょっと笑ってしまう。不安そうな顔で窺《うかが》うひとみに、

「いや、何か昔の英会話のCM思い出して。宇宙人が『異文化コミュニケーションは難しいですなぁ』とか言ってるやつ。俺ら今リアルでそれやなぁって」

　ひとみも思い当たったのか笑ってくれて、気まずい雰囲気はようやく切り抜けた。

　雨なので映画でもどうかと振ると、「いいですね」とひとみも乗り気になった。

携帯でネットに繋《つな》ぎ、上映情報を調べる。

「ひとみさん、何観たい？」

「何でもいいですけど洋画で……」

「あ、邦画は観ぃへんの？　俺は最近邦画ばっかりやわ」

「家でなら観るんですけど、映画館ならやっぱりＳＦとかアクションとか派手な作品観たいなって。せっかく大画面で迫力あるんだし」

　合理的な理由に納得し、候補は洋画に絞った。伸行のほうは邦画で観たいタイトルがいくつかあったが、こうした場面では女性の意向を優先するとしたものだろう。

「ひとみさんってアクションとか観るんやな。ちょっと意外やわ」

　ふざけながらもどこか奥ゆかしい日頃の文章や、惜しく地味な容姿から連想される嗜好《しこう》は、恋愛物や感動物のイメージだ。

「何言ってるんですか、アクション観ない人が『フェアリーゲーム』にハマるわけがないじゃないですか」

「それもそうやな」

『フェアリーゲーム』の第一作は最初からトップギア全開のジェットコースターＳＦアクションである。

映画のほうは話題のファンタジー大作が封切られてすぐだったのでそれにした。

「字幕と吹き替えがあるな。どっちがええ？」

「字幕がいいです」

さっきのやり取りを踏まえてか、ひとみははっきりそう主張した。

会計は店選びを失敗したペナルティということにしてもらって伸行が持つ。ひとみは半分以上残していたし、自分の選んだ店でそれを払わせるのは気が引けた。

恐縮するひとみには映画の後でお茶を奢《おご》ってもらうことで折り合いをつける。

朝から一向に変わらない降りの中、目当ての映画館を目指してまた傘を開いた。


話題作のうえ雨だったので客がこちらに流れたのか、映画館は思いの外混んでいた。

全席指定制のチケット売り場は窓口に長蛇の列が出来ている。

伸行たちの番が来たときは、字幕版で直近の上映回は全席売り切れになっていた。

次の回までは三時間近くある。

吹き替え版ならまだ空いているという係員の説明に、伸行はひとみを振り向いた。

「吹き替えでもええ？」

投げた確認は一応のもので当然領《うなず》くと思っていたから、頭を振ったひとみに思わず怪訝《けげん》な顔になった。

「え、でも……字幕やと次の回まで待たなあかんし。三時間くらいかかんで」

字幕にこだわるタイプがいることは理解しているが、こんな場合は譲ってくれてもと戸惑う。

「吹き替えでも内容は一緒やから」

「字幕じゃないなら別のがいいです」

別のと言われても、他には洋画であまりぱっとしたタイトルはない。

「なら邦画じゃあかんかな、俺これ観たかったんやけど」

時刻表から邦画のタイトルを指差すが、ひとみはそれも頷かなかった。

「洋画の字幕にしてください」

窓口でもたもたしていると後ろに並んでいる客が露骨に苛立《いらだ》ちはじめた。すぐ後ろのカップルは問答の内容が聞こえたのか「混んでるんだから早くしろよな」「彼女のほうワガママー」などと聞こえよがしに嫌味を言いはじめたが、ひとみは一向に気にした様子はない。

伸行のほうがいたたまれなくなって、結局適当な洋画に決めた。「字幕なら何でもええんやね」とちょっとトゲのある確認をしてしまう。

入場がもう始まっていたので、お互いトイレに行ってから慌《あわ》ただしく館内に入り、あまり言葉も交わさないまま予告が始まった。

映画は封切り直後に少しCMが流れたきり話題にもならなかったB級アクションで、平坦《へいたん》な展開にあくびを嚙《か》み殺した。

ひとみのほうを窺うとひとみもあまり面白そうではなく、これなら自分が主張した邦画のほうがよっぽど評判もよくて面白そうだったのにと内心で不満が湧《わ》いた。

スタッフロールが始まるや客が我先に席を立つような出来で「面白かったね」などと話が盛り上がるわけもなく、観終わってからの空気はかなり微妙だった。

せめて洋画を譲らなかったひとみが楽しんでくれていたらまだ救われるが、ひとみも席を立ってからあまり口を開こうとしなかった。伸行が気を遣って話しかけても、返ってくるのは無難な相槌や頷きだけである。

二人で選んで地雷を踏んだのならつまらなかったという話題で逆に盛り上がれるのだが、明らかに伸行がひとみに折れた形なのでそうもいかない。

移動中はまた傘の直径に阻《はば》まれて無言、店を探してうろつくのも煩《わずら》わしいので一番近い百貨店でレストラン街に上った。

やはり空《す》いている店がいいというひとみの意向で適当な喫茶店に入り、話題は好きな映画に何とか移行したが、今ひとつ盛り上がらない。

微妙な居心地の悪さはひとみのキャラが摑めないことにもよる。

食事の好みも主張できないほど大人しいかと思えば、映画では後ろが長蛇の列でも自分の好みを譲らない。伸行が遠慮しないでほしいと言ったことを受けたとしても、あの状況ではちょっと融通を利《き》かせてほしいところだ。

そしてそんな融通も利かないほど気が回らないかと思えば、会話の端々から窺える機微はメールのやり取りと同じ聡明《そうめい》さを感じさせるのである。

メールでこれだけ気が合うのだから会えばどれだけ楽しいだろうと思っていたし、実際楽しくはあるのだが、困惑がどうしてもつきまとう。特に映画館で他人の皮肉を平然と聞き流していた様子は引っかかった。

マイペースなんだな、と好意的に解釈するには気持ちが少しざらつく光景だった。

会うのが不安というのはこういう意味も含まれていたのだろうか、とやや意地悪な解釈も浮かぶ。性格にちょっと難があるのがバレるから？　確かにあまり見たくない部分だったな、などと自分が口説き落としてデートに漕《こ》ぎつけたくせに勝手なことも内心思った。

もうお開きにしたほうがよさそうですね、とおずおずとひとみが切り出す。

「せやね、雨も夜から酷《ひど》くなるって天気予報で言ってたし」

やや言い訳混じりの投げやりな返事になったのはひとみにも伝わったのか、ひとみも寂しそうな申し訳なさそうな微妙な表情になった。

多分、本当はもっと話したかったのだろう。

「じゃ、ここ払ってきますね」

最初からそういう按分《あんぶん》だ。ひとみが会計を終わらすのを店の外で待ちながら、次はあるかなと何となく考えた。微妙に気まずく終わったので、こちらから振らない以上ひとみからは会おうとは言い出さないだろう。とすると今後の展開はひとまず伸行の掌中だ。

エレベーターを待っている間ひとみは何か物言いたげで、「あの」「すみません」と小さな声で繰り返していた。

「私、ホントは……」

やっとの思いでそう切り出したタイミングでぎゅう詰め下りのエレベーターが来て、ひとみは思い切れない様子のまま半ば機械的に開いた扉の中に乗り込んだ。

あ、無理ちゃうかそれ。

伸行が思った瞬間、重量オーバーのブザーが鳴った。だが、ひとみはまったく頓着《とんちゃく》した様子もなくそのまま乗り続けている。

さすがに元から乗っていた乗客の視線が険しくなり、伸行の我慢も在庫が切れた。

「おい、何ボサッとしてんねん！」

むしろ乗客に聞かせるために怒鳴りながら、ひとみの腕を摑んで引きずり降ろす。動作が多少手荒になったのはやむを得ない。

すみません、と頭を下げるが乗客たちはいくつかの舌打ちや白い目線を残して階下へ去った。

「何やってんや君も、」

余計な恥をかかされた苛立ちも手伝って声はきつくなった。

「自分の代わりに誰か降りろみたいなみっともない真似《まね》すんなや！　君がそんな奴《やつ》やなんて思わへんかったわ！　ネットであんだけ感じよう見せといてリアルであんまりみっともない真似せんといてくれや！」

人の気配に聡《さと》い伸行には、今自分が周囲からどう見えているかも自覚されている。しかし今ひとみを責める言葉をこらえることはできず、ひとみが言い返さないことも相まって言い募ってしまう。

だが、言い返さない相手を一方的に詰《なじ》るのも結局は後味が悪く、すぐに伸行の沸騰《ふっとう》も収まった。

ずっと黙って伸行の口元を見つめていたひとみは、伸行が黙ってから口を開いた。

「……重量オーバーだったんですね」

おい、俺の話を聞いた結論はそこか⁉ 脱力しかけた伸行に、ひとみは深々と頭を下げた。

「ごめんなさい」

初めてひとみの後頭部が伸行の目の下に下がった。ぱらりと肩から前に黒髪の房が落ち、耳の後ろが髪の間に覗《のぞ》く。

「……え、それ」

親戚《しんせき》の年寄りで着けている者がいるので分かった。幸薄そうな白い耳に掛けられていたのは耳掛け式の補聴器だった。

今度は伸行が言葉を失った。

「ごめんなさい。私どうしても伸さんに会ってみたかったんです。一回だけだったらこれも、」

ひとみは存在が露《あらわ》になった補聴器を指で軽く差し、

「何とか気づかれずに過ごせるんじゃないかと思ったんだけど、やっぱり無理だったみたいです。ごめんなさい、ずっと不自然でしたよね。伸さんが戸惑ったりイライラしてるの、ずっと分かってました。でも、会えて嬉《うれ》しかったです。ちょっと普通じゃなかったし、最後で散々だったけど、途中までは普通の女の人みたいにデートみたいなことできて」

ちょぉ、やめてくれやちょっと。そこでそんな顔。

そんな泣き出しそうな顔。

だが、今のひとみに掛けられる言葉など思いつかない。

いっぱしに大人になって気配も読めるようになっていたつもりが、自分の知らない状況に投げ込まれた途端バカな物知らずの子供に戻ったように。もう周りが自分たちをどう見ているかなんて意識する余裕もない。

「今日のことで嫌になってなかったら、メールは続けさせてもらえると嬉しいです。私、伸さんとのメール、今までホントに楽しかったんです。『フェアリーゲーム』は特別だったから。あの本で知り合った伸さんも、特別だったから」

鼻先でこらえていた涙がこぼれ落ちた、その瞬間に一粒だけ残してひとみはパッと踵《きびす》を返して逃げ出した。

逃げるって――誰から。情けないことにそれはしばらく考えないと分からなかった。

俺からか。

思い至ったときには、エスカレーターへと逃げ出したひとみはもう人混みに紛れて追えなくなっていた。

いや、無理して人を押し分ければ追えたのかもしれない。

しかし、彼女の泣きながらの告白に、それもできれば秘めておきたかったであろう告白にどう答えたものかが分からず、結局追えなかった。

*

さて、お前はどうする？

賢《さか》しらな客観が訊《き》きにくる。

フィーリングが合うと決めつけたのも、会う前から勝手に理想化したのも、事情があって積極的になれなかった女性を力押しで口説き落としてデートに漕ぎつけたのも、そのくせ彼女が自分の思うような気の利いた女性になれない事情に思い至りもせず、マイペースが過ぎると決めつけて苛立ったのも、伸行の勝手な思い込みだ。

しかも勝手な見込み違いの苛立ちを斟酌《しんしゃく》なく彼女にぶつけた。

やかましなぁ、分かってんねやそんなこと。今言うな。

くどくど煩《うるさ》い客観の声を無視するように、伸行は寝転がったベッドで壁を向いた。


重量オーバーだったんですね。


ゆっくりと確かめるようなその声。

自分の致命的な失態を噛みしめていたのだと分かってから思い返すと何という重い声だろう。

彼女には重量オーバーのブザーが聞こえなかったのだ。自分が乗るから誰か降りろなんて、そんなことを彼女が思うものか。メールであんなにも機微の濃《こま》やかな文章を書いていた彼女が。——それを信じられなかった自分も悔しい。

耳が聴こえない人がいるということを知識としては知っていたものの、それは実感されてはいなかった。ブザーが鳴って降りようとしなければ、自分が原因で過積載になったのに降りようとしない——他人に降りろと暗黙に要求している図々《ずうずう》しい乗客を想像するほうがたやすい。

ひとみのひととなりをメールでずっと追っていた伸行でさえそうだったのだ。

あのとき伸行は「もしかしてひとみにはブザーが聞こえていないのか？」などとは欠片《かけら》も思いつかなかったし、後になってみれば思い当たる不自然な受け答えの数々もさっぱり絡《から》めて考えられなかった。

彼女の受け答えがゆっくりだったのは、雨で周囲がうるさかったせいでも傘で距離が離れたせいでもなかった。じっと口元を見つめるのは補聴器だけでは拾えない音があるからだ。補聴器で拾える限りの音を拾い、口の形をじっと観察して補完し、推測でこちらの台詞《せりふ》を文字通り読むのだ。

耳の遠い親戚の老人もそうしていたではないか。もっとも、意識している女性からだと罪作りな所作であることは今日初めて知ったが。

親戚の年寄りなら「あぁ!?　伸行、今なんて言うた!?」と大声で聞き返して終わる。彼女がそうしたくなかったのは多分――伸行の思い上がりでなければ、『ひとみ』のほうからも『伸』にそれなりに好意を抱いていたのだ。障害のことで引かれたくないという程度には。

ひとみを傷つけた。ずっと会いたくて、無理を言って頼み、やっと引っ張り出したひとみを。――でも、それは俺のせいなのか。俺だけのせいなのか。

ひとみだって耳のことを無理を押して隠していた。数え上げれば不自然なポイントは山ほどだ。

流せるほどに微妙なさじ加減で嚙《か》み合わない会話の数々。食事では料理の好みより静けさを要求して半分と食えずに残し、そうかと思えば映画のチョイスでは今までの大人しさは何だったのかという頑《かたく》なさで意向を譲らない。

譲れない理由があったのだ。字幕の出ない邦画では、ひとみはストーリーについていけない。吹き替えも然《しか》りだ。聴覚障害者へのサービスは別途あるかもしれないが、少なくとも今日のひとみは伸に障害のことを気づかれたくなかったのだ。

家でなら観るんですけど。

そんな台詞を思い出し、ふと思いついて部屋の中に転がっていたTV雑誌の番組表をパラ見してみる。

知らない間に文字放送を示す文マークがやたらと増えていた。

ああ、世の中たいしたもんやな。ニュースだけやなくて、連ドラも映画も再放送もバラエティもほとんど文字放送に対応してるんや。

電気のハコの中では耳のハンデはかなり軽減されている。伸行や関西の友人たちが一時期から鬱陶《うっとう》しがっていたお笑いやバラエティの過剰なまでの字幕処理も、例えばひとみが下らない番組をダラダラと楽しむためには必要なガイドになっているのだ。お笑いの派手な字幕はここで笑えというツボを強要されているようで今まで好きではなかったが、それでもそれが出ることでひとみは画面の中のタレントが何をしていてどうして周囲が笑っているかを一緒に楽しむことができる。

「世の中、無意味なもんなんか何にもないねんなぁ」

文字放送なんて自分には縁のないものだと思っていた。テレビの過剰なテロップに至っては面白さを画一化しようとしているかのように思えて嫌いでさえあった。番組のどこで笑うかなんて視聴者の自由だろ、なんて若い頃には笑いにうるさい関西人としてクラスメイトと気炎を上げたこともある。

無意味に見えるのは自分の立場で見るからで、それが必要な人がいるということを突き詰めて考えたことはあったのか向坂伸行。ひとみに会うというきっかけを授かる前に。

番組表を眺めていてふと気がついた、ＮＨＫで手話ニュースが始まる。いつもなら自分に関係ないと無視する番組の最右翼だ。

昼間のどうしようもない後悔と情けなさといたたまれなさと、そんなような感情の複合体がチャンネルを合わさせた。

普通ならキャスター一人がカメラに向かって喋《しゃべ》り、背景はニュース映像、画面下にニュースのタイトルというのが定番の形式だ。初めて観《み》た手話ニュースは背景のない画面に女性が二人で立っていた。右端に大きなテロップがルビ付きで縦に出て、右の女性は口を大仰なほどはっきりと動かしながら忠実にそのテロップを読み上げ、左の女性が手話で同じ内容を同時に通訳している。二人とも表情はかなり豊かで、そこも一般的なニュースの体裁とは違う。

ニュースの画像は二人の女性の仕草や口の動きを決して邪魔しないように、たまにすみっこに映されるだけだ。

伸行などには冗長に聞こえるほどゆったりした言い回しに加えてルビ付きの大文字テロップ、あまつさえそれに手話が付く。その三段構えの構成は、耳の聞こえる伸行には少々無駄にも思える。テロップは納得が行くとしても、キャスターがそれを丁寧に読み上げているのにこのうえ手話が要るのだろうか。

それよりニュースに関連した映像を流したほうがよほど合理的だ、と思ってしまうのは伸行が『聞こえる』側の人間だからだろうか。

こんなことを訊いてみても失礼じゃないだろうか？　いや違う、こんなのはただの話題作りの方便で、伸行は要するにあのとき傷つけたまま逃がしてしまったひとみに謝りたいのだった。

このまま終わるのは絶対嫌だ。ひとみもメールは続けさせてもらえると嬉しい、と言った。今日のことで嫌になっていなければ、という前提付きで。

今日のことで嫌になるなら君のほうじゃないのか、と疑惑が付きまとって離れない。だって俺は君にあんなに嫌な想《おも》いをさせたのに。あんな酷《ひど》いことを君に、

「うわ、くそ！」

自分が思い出すだけで喚《わめ》いてかき消してしまいたくなるような酷いことを。

おい、何ボサッとしてんねん！

自分の代わりに誰か降りろみたいなみっともない真似《まね》、

君がそんな奴《やつ》やなんて――ネットであんだけ感じよう見せといてリアルであんまりみっともない真似せんといてくれや！

遠慮会釈《えんりょえしゃく》ない関西弁で言い放てばそれがどれほどきつく聴こえるか、それは関西人

である伸行が一番よく知っている。

上京して一番最初に付き合った女の子には怒ったときの喋りで「恐《こわ》い」と泣かれた。伸行がただ普通に苛立《いらだ》ちや怒りをぶつけただけで。関西の女の子ならそのままただの喧嘩《けんか》になってくれる間合いで。

ひとみが泣きながら逃げ出したのも道理で、自分には一体それを追いかける資格があるのか。

だから謝りのメールから窺《うかが》おうと立ち上げたノートパソコンは、メール作成画面を開いたままでスタンバイモードに落ちっぱなしだ。

巧《うま》くメールの文章が綴《つづ》れないのは、ひとみを傷つけたくせに確実に心の隅でこうも思っているからだ。

何で最初から言うてくれへんかったんや。

ひとみの聴覚障害を差別するような男だと思われていたのかと思うとそれも不本意で腹が立つ。最初から教えてくれていたら。せめて、会ったその場でもよかった。

そうすれば。

少なくとも、重量オーバーのブザーが聞こえず立ち往生するひとみをエレベーターからそっと降ろすくらいの機転は利《き》いたし、店の選び方も暇の潰《つぶ》し方も色々考えた。

——少なくとも、自分の考えの及ぶ範囲で。

少なくとも、公衆の面前でひとみを図々しい女として責めるような真似だけは回避できたはずなのに。

少なくとも、がやたら脳裏に浮かぶ恨みがましさも打ち消せず、メールを書き出すまでには二時間近くもうだうだしていたような気がする。

Title：ごめん

無理言うて引っ張り出したのに最後あんなことになってしもて。

でもごめん、信じてほしいんやけど、ひとみさんが耳悪いなんて実際に会ってても全然気づきませんでした。

確かに今にして思えば、と思うようなことはちょこちょこあったけど、そのときは「思ったより自己主張ないんやなぁ」（コレ昼飯のときな）とか「えー、でもここは折れてほしいなぁ」（コレ映画のときな）とか、それくらいしか思わんかってんや。

性格がちぐはぐやなぁとは思ったけど、まさかそれが耳が悪いからなんて思ってもみませんでした。

俺、親戚《しんせき》の年寄りに「つんぼのおばあちゃん」て皆に呼ばれてる人とかおったのに、それでもその経験則をひとみさんに当てはめて考えることは全然できませんでした。

（誤解せんといてな、俺らそのおばあちゃんを差別して「つんぼのおばあちゃん」て言うてるわけちゃうで。俺らが小さい頃からそのおばあちゃん、自分で自分のことをそう言うてはったし、身内にとってもそのおばあちゃんにとっても、その言葉は単にそのおばあちゃんの「耳が聴こえにくい」状態を、大人から子供まで一言で説明するための便利な単語やってん。そのおばあちゃんもよく自分で「おばあちゃんはつんぼやからあんたらみたいにペラペラ喋られるとよう聞こえん、ゆっくり言うて」みたいなこと言ってはったしな。逆に子供がからかうような言い方でその言葉を使ったら、周りの大人に首が後ろに回るほどしばかれたで）

ちょっと話が逸《そ》れてしまいましたが、そういう意味ではひとみさんは俺の前で完璧《かんぺき》に健聴者（この言葉もネットで調べました）を演じきってたよ。最初に会ったときにヘッドホン着けてたやんか、もうあれで完全に騙《だま》されたもんな。

でもあれ、音楽聴いてたんやないんやな。

ごめん、嫌な言い方すんで。音楽なんか聴こえへんけど、ヘッドホンしてることで「音楽聴ける人って思わせられる」「音楽に集中して声かけられたの気づかんかったポーズが取れる」からヘッドホンつけてたんやんな。

ホンマは音楽なんか聴こえもせんのに。

そんで、ひとみさんは俺相手には障害のことを隠したいと思ってたんやなと思って傷つきました。ひとみさんの障害を知ったら俺は態度変えるとか逃げるとか、そんな奴やと思われてたんやなって。

俺がひとみさんを泣かせて帰らせてしまったのに、俺はひとみさんを傷つけたのに、何で俺は今こんなふうに、君をちょっとでも責めるようなことを書いてるんやろうな。

俺は事情を知らんかったとはいえ君にひどいことを言って、君を図々《ずうずう》しい自分勝手な女やと一方的な思い込みで決めつけて公衆の面前で君を詰《なじ》って（最低すぎて台詞を思い出すのが辛《つら》いです。それを俺は君にぶつけてしまったんやな）そやのに何で俺はこんなこと書こうとしてるんやろうなぁ。

何で俺に耳のこと教えといてくれへんかってんって。

白状するわ、俺けっこう自惚《うぬぼ》れててん。ひとみさんと俺は普通より親しいはずやって。その辺のカップルとかよりよっぽど気心知れてるし、間合いも合うし、俺らってつき合うたらかなりええ感じになれるって勝手に思ってたてん。お互いカオを知り合う前に青春菌晒《さら》し合ったから、そこにキズナの自信持っててん。

でもそう思ってたのは俺だけやってんやなって。ひとみさんは、耳が悪いっていう一番大事なことを俺に打ち明けることもできんくらい、俺が他人やったんや。

傷つけてホンマに悪かったと思ってるし、後悔してる。でも、やっぱり心のどこかで「何で俺のこと信用してくれへんかったんや」って恨みがましく思ってたんねん。

俺を騙すために最初に音楽聴いてるフリまでして、そこまでせなあかんくらい、俺はひとみさんにとって信用できへん「悪意ある他人」やったんかって。

正直、めちゃめちゃへこんだわ。ひとみさんを傷つけたことを差し置いてめっちゃへこんだ。

もう言うてまうけど、俺ひとみさんのことメールのラリーやってた頃からずっと、カオも知らん頃から好きやったから。待ち合わせ場所にリックドムみたいのが来ても「友達からお願いします」って言えるくらい好きやったから。

（でもひとみさんは普通に魅力的な女性だと思います。ドムでもザクでもないですよ。あんまり見かけ気遣ってないみたいやからもったいないと思うとこもあるけど、これは余計なお世話やな）

とにかく、好きな人にこんなに信用されてないことを突きつけられて、ものすごくへこみました。俺のへこみ人生としては史上二番目くらい。一番は高校生の頃に親父《おやじ》が死んだこと。女の子のことでこんなにマジへこみ入ったのは、ひとみさんが初です。俺にとっては恋愛って人生の中で優先順位が低かったから。

ごめん、めちゃくちゃ勝手なこと書くけど、君が返事をくれるかどうか今の俺には分からへんから、後悔せんように言いたいこと全部言わせて。ごめん。このメールで嫌われたら諦《あきら》めるから。

教えといてほしかったわ、そんな大事なこと。君にとって一番大事なことやんか。教えといてくれたら俺、最後のエレベーターでも君に「自分勝手なことすんなや」とか賢《さか》しらな説教せんで済んだわ。

字幕に拘《こだわ》る君のこともわがままとか思わんかったわ。

そんなくだらんことで君を傷つけんで済んだわ。

聞こえんっていうことは危ないこともあるし、注意せないかんこともあるんやろ？

君をちゃんと必要なときに気遣える情報を俺に渡しといてほしかったわ。

君は俺の好きな人やから。

耳悪いって分かったら俺が差別するかもとか心配したんやったら、それは俺に失礼やで。俺がそんな奴やと勝手に思わんといて。あんなにお互い恥ずかしいところまで晒し合ったのに。


そんで、俺の言い分にもし君が納得してくれるなら、もう一回デートしよう。今度は君の耳がどれくらい悪くて、俺がどんな気遣いすればいいかとか、そういうの説明してくれたうえで。俺に耳のハンデをごまかすようなことするのも一切ナシで。

その代わり俺も分からんことは何でも聞くし、アホなことしたら怒ってええから。


願わくば、もう一回君との糸が繋《つな》がりますように。

伸

P.S.
こないだ会《お》うたとき、いいことが二つありました。

ひとつは、君が俺に「伸（しん）」という呼び名をくれたこと。響きがすごく気に入っています。君に呼ばれたことで特別気に入りの名前になりました。

もうひとつは、君の待ち合わせ場所の決め方です。『フェアリーゲーム』の棚の前というのは正直唸《うな》りました。本好きの琴線に触れまくりのチョイスでした。

君のそういうセンスが大好きです。

3

傷つけた埋め合わせに
自信持たせてやろうなんて
本当に親切で優しくてありがとう。

今日のことで嫌になってなかったら、メールは続けさせてもらえると嬉《うれ》しいです。

＊

最後にそう言い残したが、その気持ちは嘘《うそ》ではなかったが、それでも本当に伸からメールが来ると戸惑った。

しかもいつもと変わらない長文だ。

もう言うてまうけど、俺ひとみさんのことメールのラリーやってた頃からずっと、カオも知らん頃から好きやったから。待ち合わせ場所にリックドムみたいのんが来ても「友達からお願いします」って言えるくらい好きやったから。

君は俺の好きな人なんやから。

君が俺に「伸（しん）」という呼び名をくれたこと。

君のそういうセンスが大好きです。

ずるい、どうして。

ひとみはメールソフトを開いたまま顔を両手で覆《おお》った。

どうして今そういう言葉を連発するの。私が一生懸命抑えてる言葉なのに。そんなことあっさり連発できちゃうから、だからやっぱり伸さんは健聴者で何にも引け目がない人なんだ。

伸がそうして何の引け目も衒《てら》いもなく好意をぶつけてくることが、却《かえ》ってひとみに耳のハンデを改めて突きつけずにはいない。

涙でぐちゃぐちゃの顔のまま、取り敢《あ》えず書きながら整理しようとメール作成画面を立ち上げた。

Title：（無題）

伸さんは健聴者で私は聴覚障害者なんだなと改めて突きつけられました。

伸さんの言ってくれたことは、すごく嬉しかったけど、でもそれはやっぱり自分に引け目や負い目が何にもない人の言い分です。

もし、私に耳のハンデがなかったら、そして伸さんに耳のハンデがあったら、私も伸さんと同じように「私は気にしないから伸さんも気にしないで」って言えます。

だけど、実際に私には耳のハンデがあって伸さんにはないから、私は想像の中でも伸さんに「気にしないでいい」とは言えないんです。

だって私は「聞こえ」がないということがどういうことか分かっているから。それが社会の中でどういうハンデになるか知っているから。

だって伸さん、「聞く」と「聴く」の違いって分からないでしょう？

「聞く」っていうのは、耳から入ってきた音や言葉を漫然と聞いてる状態で、健聴者はみんなこれができるんです。意識しないでも何となく会話ができるんです。

「聴く」っていうのは、全身全霊傾けて、しっかりと相手の話を聴くことで、私にはこれしかできないんです。

人と話をするときは、補聴器の力を借りてわずかな残存聴力を総動員して、相手の口の形もじっと観察して、表情や仕草や気配にも気を配ります。これが私にとっての

「聴く」ということです。そこまで五感を駆使して注意を払って、やっと私は伸さんと「会話ができる」んです。それも100％分かるわけじゃなくて、先読みとか推測も駆使して「多分こう言ってるんだろうな」っていうのが限界です。

伸さんは何の気なしに「聞いて」何の気なしに「会話」できますよね。私は違うんです。

移動中も話しかけてくれてたけど、あんな離れてて雨の音もして伸さんの声なんか聞こえないんです。

これだけ差があって、「気にすることないよ」なんて言えますか？　伸さんは気にしないかもしれないけど、私は気にするんです。気にするしかない人に、そんなこと気にするなよというのはむごいです。

ハンデなんか気にするなって言えるのは、ハンデがない人だけなんです。それも、私に迷惑かけないならあなたにハンデがあっても気にしないよって人がほとんどだと私は思います。

自分に迷惑がかかったら、途端にうるさそうな顔になる人はいっぱいいるんです。それが現実なんです。

仲さんだってそうですよ。私の耳のことが分かるまですごいイライラしてた。私のこと、気が利《き》かないワガママで自分勝手な女だと思ってた。もう嫌になってさっさと帰りたがってたのも全部分かってました。

きっともう仲さんから会おうって言ってこないと思った。私の耳のことがたまたま帰り際《ぎわ》に分かったから罪悪感でこんなメールくれたけど、あれがなかったらもう私と会うつもりなかったでしょう？　適当に調子合わせたメールだけやり取りして、青春菌の話なんかもうしなかったでしょ？　途中で適当にフェードアウトしたでしょ？

会ってみたら意外とフィーリング違ったなって終わっちゃったでしょ？　私のこと好きなんて、障害者を傷つけた罪悪感で埋め合わせてくれてるだけに決まってるよ。じゃあ私と付き合ってなんて言ったら絶対引くもの。

傷つけた埋め合わせに自信持たせてやろうなんて本当に親切で優しくてありがとう。

＞ごめん、嫌な言い方すんんで。音楽なんか聴こえへんけど、ヘッドホンしてることで「音楽聴ける人って思わせられる」「音楽に集中して声かけられたの気づかんかったポーズが取れる」からヘッドホンつけてたんやんな。

確かに、仲さんに聞こえないことをごまかすためにそうしたかったのもあるけど、補聴器で音楽が楽しめる人もいます。聴覚障害の程度や状態は十人十色で違うんです。楽器が弾ける人だっているんですよ。耳が悪いから音楽が楽しめないだろうっていうのも、結局「健聴者」の偏見です。

ほら、仲さんはそっち側の壁を越えられない。

>俺を騙《だま》すために最初に音楽聴いてるフリまでして、そこまでせなあかんくらい、俺はひとみさんにとって信用できへん「悪意ある他人」やったんかって。

そうじゃありません、どうして分かってくれないんですか。仲さんのこと、あんなに青春菌晒《さら》し合った仲さんのこと、「悪意のある他人」なんて思うわけないじゃないですか。仲さんが私の耳のこと知って急に差別するなんて全然思わない。きっと親切にしてくれるって、優しくしてくれるってそんなこと分かってます。

でも、同情で優しくされるのがイヤなんです。私にだってプライドがあるんです。

ずっと楽しくメールしてきて、お互いの現実を知る前に仲良くなった仲さんだから、仲さんの前では私は普通の女の子でいたかったんです。

耳のことで同情されて優しくしてもらうんじゃなくて、同情で楽しい一日をもらうんじゃなくて、メールで楽しかったみたいに、普通に会いたかったんです。

一回だけって決めてたから、一回だけ耳のこともバレないように頑張って、あの日だけは普通のデートみたいなことしたかったんです。

障害は恥じゃない、隠さなくてもいいと身内にも同障者や健常者の方にもたくさん言われたことがあります。伸さんが私に言うようなことは、もう誰かが絶対に言ったことなんです。

それでもやっぱり私は、恥じなくていいはずの障害で恥ずかしい思いや嫌な思いをいっぱいしたし、私は伸さんの悪意を疑ってるんじゃなくて、世の中を信じることが恐《こわ》いんです。伸さんは違うって信じることがもう恐いんです。

だから、やっぱり会うんじゃなかった。ずっとメールで仲良く何でも話せる友達のままでいればよかった。一回くらいなら巧《うま》くやれるって思ってたけど、やっぱり巧くやれなかった。会いたいって思った私がバカだった。

ネット上でだったら私は、耳のハンデもなくて、自由に文章を綴《つづ》って、それが縁で伸さんとも仲良くなれるような、青春菌の応酬ができるような、ちょっと気の利いた女性になれるのに。

私がなりたいような女の人になれるのに。

もう自分が何を書いているのかよく分かりません。まとめることもできないけど、今はこれが私の正直な気持ちです。

もしかしたらこれが最後になるかもしれないけど、今までありがとうございました。

最後であんなことになっちゃったけど、でも最後に会えてよかったです。

会わなければよかったけど、会えてよかったです。

ひとみ

後で読み返して、随分ひどいことを書いたと思った。だからもうこれで終わったと思った。

さすがにこれで食い下がってくるほど伸もしぶとくないだろう。

だから即レスのタイミングで伸からメールが来たときは肝を潰《つぶ》した。

Title：もしかしてさ、

俺ら、今初めてケンカしてるよな。ごめん、無神経なこと言うてもええ？　ケンカできるくらい俺らお互いライン割ったんやなって今ドキドキしてる。

ケンカしようや。ガッチリやろうや。お互い言いたいことも溜《た》まってると思うし、仲直りするためにきちんとケンカしようや。

伸の出だしはそんな文章だった。ケンカというものはひとみにとって人と諍《いさか》うことで、気が重いもので、仲直りのためにケンカをするというのはひとみの意表を衝《つ》いていた。

あのさぁ、俺には確かに聴覚障害のことは全然分からんよ。でもいっこだけ俺にも分かってることがある。だから俺の分かってることで話をする。

だって、障害のことは「そんなの健聴者の伸さんには分からない！」で終わりやし。ちょっと卑怯《ひきょう》やでそれ。俺、どんな頑張っても障害のことなんか本当には分かれへんもん。

最初から分かるはずのないもん、「分からんから言っても無駄や」で逃げられたら話をしたい俺は置いてけぼりや。

だから、俺がいっこだけ絶対分かってることを言います。

ひとみさん、今すごいヒステリーやんな。『フェアリーゲーム』で「もういい全部終わりにしよう」ってヒスって状況ぶち壊しにしたヒロインとそっくりやわ。

だから、俺との関係が壊れてもどうでもええみたいな捨て鉢な言葉ばっかり選んで、言葉にも文章にも全然気を遣ってないよな。

俺への気を遣ってないよな。俺との繋《つな》がりを壊したくないって気を全然遣ってない。

俺があのメールでキレてフェードアウトになってもかまうか、みたいな投げやりな決意だけやたらとぶつかってきたわ。

正直、ひとみさんじゃなかったらこんなイヤなメール来たら速攻切るわ。俺に障害のことは分からないっていうのは確かに正論やけど、ひとみさんの論法はそれだけとちゃう。

俺が分からんなりに近づこうとしてるのに、「どうせお前には分からんのやから、ウザイから寄ってくるな」って石投げつけてるメールや。

しかも、自分は障害のことで傷ついたんやから、障害を盾にすれば相手を傷つける権利がある、みたいにムチャクチャつっけんどんな文章ばっかりやったやんな。

俺は確かに君の障害のことや君の気持ちもよく分からんで、気にすることないとか教えといてくれたらよかったのにとか「悪意のある他人」とか勝手なこと言うたよ。それは本当に無神経やった、ごめん。俺は俺の常識でしか物を喋《しゃべ》られへんかった。本当に悪かったと思ってる。

でもな、それは君も一緒や。

＞傷つけた埋め合わせに自信持たせてやろうなんて本当に親切で優しくてありがとう。

こんなバカにされたこと言われる筋合いないで、さすがに。

同情や埋め合わせで人に好きとか言わへんで、俺。ひとみさんかて、そこまで俺のことバカにする権利あるんか？　障害があったらそこまで他人を軽んじてええの？

俺、会社の飲み会で女の子に「関西弁で好きって言ってみて」とか甘えられたことあるけど、それは断ったで。その子が俺に興味あるわけじゃなくて、関西弁のドラマの影響受けて九官鳥か何かみたいに俺に「関西弁の告白」をさせてみたかっただけやって分かったもん。言えばその場は収まるし波風立たんって分かってたけど、でも、はっきり「イヤや」言うたで。空気悪くなったけど拒否したで。

だって俺には「好き」いう言葉は大事やもん。好きな人にしか言わへん言葉やもん。そんなん意味なく言わへんわ。

俺は少なくとも、ひとみさんを傷つけた埋め合わせでそんなことは言わへん。傷つけたことを埋め合わせるためなら、俺はひとみさんに「ごめん」て言う。君を傷つけた償いに、女性として自信を持たせるために健聴者から告白してやろうとか、俺どんな人間やねん。いくら何でも君も俺をそこまでバカにする権利があるんか？

俺は確かに無知であることで君を傷つけた、でも君は傷つけるために俺を傷つけた。そんなら君のほうがこの部分は意地が悪いで。俺は少なくとも君を傷つけるためにあのメール書いてないもん。謝るポイントがずれてたのは俺の無知のせいで、少なくとも悪意じゃない。

でもひとみさんはあのメールで俺を傷つけようとしてた部分があったよな。

正直、読んだ瞬間はむかついたよ。何で俺ここまで言われなあかんねんとか思ったし。でも、しょうがないやんな。だってメールでひとみさんずっと泣いてんやもん。

俺を傷つけながら自分のほうが傷ついてんねんもん。自分でもよう止まらんなってヒスってるの良く分かったもん。

俺、ひとみさんじゃない他人から言われたら絶対許さんようなこと言われてるのに、ひとみさんの暴言やったら許せたよ。

むしろひとみさんが心配やったわ。だって俺の知ってるひとみさんは、俺にこんな酷《ひど》い言葉を投げつけてしれっとしてられる人じゃないから。

そやのにこんなことになってる君は今どうなってしまってるんやろうって、心配でしゃあなかったよ。


でもやっぱり俺も人間やから、むかつくところもあんねん。

だからケンカしょうや。仲直りするためにケンカしょうや。少なくとも、メールで楽しくやれてた頃に戻れるまで。行き違ったところを徹底的に掘り返そうや。

これも青春菌の応酬やで。今さらこの年になってこんな青臭いことでケンカなんかせえへんもん。俺と君やないと出来へんで。

達成目標はリベンジデート。どうかな。今度は君が耳のことバレんように心配する必要なしに。俺も君へのマナーを勉強してから、今度は満員で三時間待っても字幕で二人とも楽しめる映画観《み》て、お茶飲もう。

俺、君と選んだ映画観て、その後にお茶飲みながら感想話すのすごい憧《あこが》れててん。ひとみさんとやったら絶対楽しいやろうなぁって思って。どこがよかった？　とか、どこが笑えた？　とかそんなこと話したいわ。

こないだの感じやと、静かなところで一対一なら話せるんやろ？　何ならメールで筆談でもええし。

それから最後に、君の苦労が全然分からんのに、安易に「気にすんなよ」言うたり、ひとみさんが俺を「悪意のある他人」やから警戒しようとしたんちゃうかとか疑ってごめん。それはホンマに反省してます。

ひとみさんがそんなふうに俺を疑うような人じゃないって信じ切れなくてごめん。

それでは今日はこの辺で。

伸

P.S.　なあ。糸はもう一回繋がったって思ってええよな？

＊

関西人のいいところなのか悪いところなのか、それから伸に押されっぱなしだった。取っかかりは無料のチャットルームを借りてきて待ち合わせをするなどだ。障害を気にしてプライバシーに敏感なひとみの性格を読んで、ログイン式のものを用立ててある辺り芸が細かい。

最初の待ち合わせは金曜日の夜十一時だった。

伸：こんばんは、遅いけど時間大丈夫?
ひとみ：はい。お風呂《ふろ》とか全部済ませてありますから。
伸：ああ、じゃあけっこう定時の仕事やねんね。って俺、ひとみさんの仕事とかもよう知らんわ。今日、ひとみさんのこと色々訊《き》いてもええ?
ひとみ：答えたくないこともあるかもしれませんけど……

直近で揉《も》めたメールの記憶がまだ生々しいので、軽快なレスポンスの伸に比べると自分の歯切れが悪いことが器の差を見せつけられているようで悔しい。

私、こういうところも耳のことが引け目になってるのかな。そんないじけた考えも浮かぶ。

伸：ひとみさんて確か地元東京やんな。一人暮らし？

ひとみ：いえ、実家です。やっぱり耳のことがあるから一人暮らしは不安だし……

伸：あ、そうか。目覚ましとか玄関のチャイムからもう困るもんな。

ひとみ：あ、そういうのは今はフラッシュライトとか振動式の器具とか色々出てて、便利になってるんですけど。ただ、私はやっぱり一人はどうしても不安で。

伸：ああ、実家住まいができるならそのほうがええよ。女の子やし物騒やもんな。

ひとみ：同障の女性で一人暮らししてる人もいるから甘えてるかもしれないけど。

伸：そんなん、他人と張り合うことでもないやん。ひとみさんはひとみさんが安心できる環境で生活したらええと思うよ。

伸：ところでひとみさんて仕事何してんの？

ひとみ：事務系です。障害者の採用枠がある製薬会社で。

伸：ああ、よかったな。ちゃんと手堅い感じやん。

返事に困ってキーボードを打つ手が止まった。手堅い職場ではあるが、実はあまりいい思いをしていない。そして伸はそうした間合いに実に聡《さと》かった。

伸：あ、あんまり訊かんほうがよかった？
ひとみ：いえ……障害者枠があることと、配属された職場が働きやすいかどうかは別問題ですから。私は障害者枠で就職できただけラッキーだったと思うし、あんまり文句は言えないと思います。

伸のレスはしばらく止まっていたが、もし目の前にいたら苦笑気味の表情だろうと想像できる雰囲気でこう打った。

伸：障害者枠って単なるボランティアとちゃうからさ。ちゃんと助成金も入るし、企業にも旨味《うまみ》がちゃんとある制度やから、採ってもらったからって愚痴をガマンする必要はないと思うで。別に俺じゃなくても、愚痴りやすい人に愚痴ればええけどな。長年の友達とか。

ああ、こういうのはちゃんとした社会人の視点だなと感心する。ひとみはとにかく採用してもらった、就職できたということで思考が停止して、障害者枠の制度が会社にとってどんな意味を持つかまで思い至ったことはなかった。

ただ、耳にハンデがある自分を採ってくれたありがたい制度としか。

そして愚痴を言うとすれば、今は伸に一番言いやすい。

ひとみ：じゃあ、ご迷惑じゃなかったらちょっといいですか？

伸：ええよ。働きはじめたら誰でも愚痴なんてあって当然やねんから、吐いてまえ。

ひとみ：やっぱり、職場の人とのコミの問題が一番辛《つら》いです。

伸：待って待って、そのコミって何？　コミュニケーションのこと？

ひとみ：あ、そうです。コミュニケーションだとまどろっこしいので略語でコミって言うんです、聴覚障害の人は。聴覚障害って、唯一《ゆいいつ》のコミュニケーション障害でもあるんですよ。

伸：あ、うん。その辺はちょっと調べた。

聴覚障害は二重の障害でもある。

まず音から隔絶され、そのことによって次は健聴者とのコミュニケーションが阻害される。聴覚障害で最大の問題は、人間としてのコミュニケーションから隔絶された状態に置かれることになるのを世間になかなか認知されないことだ。この困難の根の深さを想像だけで把握できる人間はまずいない。

伸：ひとみさんは中途失聴者なん、難聴者なん？　聾者《ろうしゃ》じゃないよな。種類は伝音なん、感音なん？

この台詞《せりふ》で伸もかなり調べてきていることが分かる。

中途失聴と難聴と聾、聾唖《ろうあ》は一般的に「聴覚障害」として十把《じっぱ》一絡《ひとから》げで把握されている概念だ。

同じく、伝音性難聴と感音性難聴の区別がつく健聴者も稀《まれ》だろう。

伝音性難聴は、外耳や中耳の伝導性に問題があって音の伝わりにくい難聴であり、治療や聴覚補助器具の助けがかなり期待できる難聴だ。要するに「聞こえにくい音を大きくする」というシンプルな補助が有効である。

対して内耳から奥に問題のある感音性難聴はそうはいかない。

音を聴き分ける能力自体に問題があるので、単純に補聴器のボリュームを上げても場合によっては無意味な雑音のボリュームを上げることにしかならないし、治療方法も限られ、その効果も伝音性ほどは期待できない。

ひとみ：低音域に残存聴覚が残っている感音性難聴です。両親と山に登ったとき、滑落事故に遭って両耳ともそうなりました。高校一年生の頃で、障害歴は十年ほどでしょうか。補聴器は耳かけ式で調整も合ってるんだけど、全音域はカバーできないし、体調によっても聞こえが左右されます。

伸：あ、だからこないだ俺に声が高いか低いか訊いてきてんやな。

ひとみ：はい。声が低いほうが聞き取りやすいんです、私。伸さんくらいの声で、静かな場所だったら聞き取りだけでかなり行けるんですけど、その代わり高い声全然ダメで。あと、複数のコミになるとその場にいるだけっていうか。誰かに集中して話を聴けばいいわけでもないので。

伸：あー、それ寂しいな。曖昧《あいまい》に笑ってるしかないもんな。

伸の相槌《あいづち》に心臓が体に悪いような脈を打った。

どうしてこの人、こんなことが分かるんだろう。

気心の知れた人の中でも、雑談のときは周囲の雰囲気に合わせて曖昧に笑っているしかない。話の内容が分からなくてもいちいち周囲に訊いて話の邪魔はできないし、中途失聴者や難聴者がそんな状況で恐れるのは「今何の話してるか分かってる？」と訊かれることだ。

だが、そうしたことを詳しく説明せずに理解してくれる健聴者はなかなかいない。それだけ伸は自分を理解するために努力してきているのだ。

それがありがたいという思いはある。だが、伸が本気でこちらに踏み込もうとしていることが恐《こわ》くもあった。踏み込まれて自分はそれを受け止めきれるのだろうか。

しかし、まずは一つ一つの話題に答えていくしかない。

ひとみ：学生の頃は事情を分かってくれてる友達が周囲にいたのでまだよかったんですけど……就職したらどうしても孤立しがちで。いちいち障害の度合いなんか説明して回れないし。

表現は少しぼかした。もう少し斟酌《しんしゃく》なく言えば、職場での状況はかなりきつい。男性と女性では、一般的に女性のほうが声が高い。ひとみには女性の声の聞き取りは難しく、仕事に支障が出てはいけないので大事なことは筆談のやり取りになる。当然のことながら職場の雑談にも入りづらく、入っても曖昧に笑って済ませることがほとんどだ。

対してこれが男性なら、よほど高い声の人でない限りはそこそこ聞こえるのである。仕事の合間のちょっとした冗談などにも受け答えできるし、簡単な伝達なら口頭でもできる。

そうなるとお定まりの女性の厭味《いやみ》だ。

「私たちとは喋《しゃべ》らないくせに男とだったら愛想よく喋るのよね、あの子」

そうした陰口は耳が悪くても不思議なほどよく分かる。空気や気配が悟らせずにはいない。

採用に障害者枠を採っている企業でも、採用した障害者社員の障害の状態まで正確に告知するとは限らない。ひとみが高い声が聞こえづらく、低い声は聞こえやすいということも仕事を遂行するうえではあまり関係ない事情だ。それが周囲に告知されていないようといまいと、ひとみの仕事の能率に大した支障が出るわけではない。

ひとみが気持ちよく働けるかどうかだけの問題で、それは聴覚のハンデがあるにも拘《かか》わらず採用してもらった分際で要求できることではないような気がして、周囲にも口を閉ざすばかりになった。

入社して四年目の今となっては、連絡は男女問わず筆談で済まし、自分からはもう声を出さない。喋れないと思ってもらうほうが楽だという結論をひとみは下したのだ。

伸ならはっきり主張できるし、溶け込めるのだろうなと羨《うらや》ましさと同時に妬《ねた》ましくも思った。

伸のような性格はひとみにこそ必要なのに。

ひとみ：会社の雑談って、けっこう大事な情報収集の場でしょう？　でも私、そこに入れないんです。雑談って多対多のコミだから。だから、そこで社員の冠婚葬祭の話題が出てたりしても、後で誰かが教えてくれないと分からないんです。でも、私は孤立してるからあんまり教えてくれる人がいないし、結局不義理になっちゃったり、「あの人耳悪いから」って最初から話に入れてもらえなかったり。割り切っちゃえば楽なんだろうけど、なかなか割り切れないから。

伸：あー、ええ年こいても仲間外れってやるからなぁ大人。ハンデあったら余計にマトやな。まあ、会社は給料もらいに行くところやから、くだらん奴《やつ》は気にせんようにな。

伸の感想は率直で、率直なだけに気が楽になった。

そんな酷《ひど》いことが許されていいのか、などというキレイごとのリアクションは逆に辛い。キレイごとで状況は変わらないからだ。

ひとみ：私も伸さんみたいな性格だったらよかったな。

つるりとそんな一言を打ってしまったのは、やはり羨ましさだ。

ちゃんと自分の状態を周囲に主張できたらあんなことも。嫌な記憶がお化けのように蘇《よみがえ》った。慌《あわ》てて蓋《ふた》をする。

伸：この性格になるまではけっこう苦労したで、俺。ひとみさんお父さん元気やろ。

その返しで自分が無神経なことを言ったらしいことに気づいた。

ひとみにとっては眩《まぶ》しいようにも思える伸の率直さと積極性だが、伸がそれを獲得する前提としては、以前のメールであったように父親を早くに亡《な》くしたという事情が切り離せないのだろう。

恋愛は優先順位が低かったという説明もそこに繋《つな》がるに違いない。

ひとみ：そうですね、ごめんなさい。
伸：親は元気で長生きしてくれたらそれが一番ええよ。親と早くに死に別れてまで俺みたいな性格にならんでええ思うよ（笑）
伸：何かこっちから質問攻めにしてしもうたな。そっちから何かない？

話を変えたのは伸の優しさだ。

どうしてそんなに優しいんですか、と訊《き》いてみたい。あるいは、どうしてそんなに強いんですか、でもいい。

ひとみは聴覚のハンデがあるが優しい両親が健在で、たくさん甘やかしてもらっている。対して伸は、実家の関西から東京に出て一人暮らしで、父親を高校で亡くしてから実家の支援はあまり期待できない状態になっているのだろう。

不幸を比べ合ったらきりがないのだと無言のうちに諭されているような気がした。少なくともひとみは家も裕福で、経済的なことで苦労をしたことは一度もない。

ひとみ：健聴者である伸さんからは、聴覚障害者ってどう見えますか？

伸：うーん、それは難しすぎて一口には言われへんわ。俺、中途失聴と難聴と聾唖と聾の違いもついてなかったもん。区別するだけで難しいよな。

一般的には中途失聴や難聴は、人生の途中（日本語を獲得した後）に聴覚に障害を受けたものであり、聾や聾唖は日本語を獲得する前の幼いころから聴覚障害があったものと区別される。

それゆえに、中途失聴者や難聴者と聾・聾唖者は、同じ聴覚障害というカテゴリーに分類されながらも持っている文化はかなり違う。

要するに、中途失聴者や難聴者は「聞こえないが話せる人々」であり、第一言語は健聴者と同じく日本語だ。

聾や聾唖はといえばそのほとんどが第一言語を手話とし、手話コミュニケーションを母体とする独自のコミュニティを持つことが多い。

そして「話せるのに聞こえない」という点において健聴者から理解されにくいのは中途失聴者や難聴者である。訓練で補聴器によるヒアリングや読唇《どくしん》をこなす者も多いので、「聞こえない振りをしているだけなのではないか」という誤解を持たれやすいのもこのグループだ。

「自分の都合で聞こえ方を演じ分けているのじゃないか」などと言われる人も多い。そんな演じ分けをするより全部聞こえて受け答えるほうがよほど楽だというのに。

中途失聴者や中途難聴者は、残存聴覚をフル活用して健聴者の中に紛れて存在しているようなもので、それゆえ障害を他人に隠しおおせることも可能だが、そのことによるデメリットも多く受ける。

伸：でも何となく、もしひとみさんが聾の人やったら、俺にはコミュニケーションは難しかったかもしれんなと思う。

伸：聾の人って第一言語が手話で、日本語ってほとんど第二言語の扱いなんやろ？　俺も仕事が医療系やから、聾唖の人と接する営業さんとかいてるけど、聾の人の話す日本語はなかなか意味が通じんときがあるってぼやきも聞くよ。聾者はあくまで手話が第一言語で、日本語は二義的な俺らにとっての英語みたいなもんなんちゃうかなぁ。

伸：だから、俺らの日本語と彼らの日本語は同じ日本語やけどお互い微妙に外国語で、日本語やのに互いにズレてるみたいなことになってんやと思うってその営業さんは言ってた。俺らはひとみさんの第一言語が日本語やから何とかコミュニケーションが成り立ってると思う。手話が第一言語やったら、俺にはちょっと難易度が高すぎてついていかれへんかったかもしれん。

第一言語として手話と日本語の話が出てくることも、伸が短期間で「聴覚障害」について学習してきていることを思わせる。知らない人は手話をあくまで聴覚障害者の補助言語としてしか認識しておらず、それを第一言語——思考を形成する母語として認識している人は少ない。

一昔前の聾教育は、聾児や聾唖児の第一言語を日本語に矯正させようとする教育が主流で、聾や聾唖者が形成してきた手話をあまり認めようとしない文化もあったが、手話が聾者の文化として認められてからは、彼らは社会で独自の存在感や文化を形成している。

その存在感は「世間に認識されない」中途失聴者や難聴者にとっては眩しいほどのものだが——

もしかしたらタブーに触れようとしているのかもしれない、と思いながらひとみはゆっくりとキーを打った。

ひとみ：私、聾や聾唖《ろうあ》の人はすごく存在感があるコミュニティを作ってる人たちだと思ってたんです。独自の文化を持ってて、それこそ聾民族みたいな感じで。聴覚を持たない人たちの理想の社会を作ってるような気がしてました。だけど、知り合いの難聴者の人の話を聞くと、けっこう聾の人も私たちにきつかったりするんですよね。手話は聾者の作り上げた文化だから聾者の認める手話しか手話として認めない、とか。中途失聴や難聴者は聞こえないくせに喋れるからずるい、みたいなこと言われた人もいるんです。喋れるけどコミュニケーションでハンデがあるのは一緒なのに……同じ苦しみを知ってるはずなのに、何でそんなこと言う人がいるんだろうって。

伸の返事はしばらく時間がかかった。いきなりディープな話題を投げたから困っているのかもしれない。

伸：俺の想像やけど、何らかの意味でコンプレックスのある人は、フラットになるのがすごい難しいと思うねん。君らも一緒や。ひとみさんは前のメールで俺を詰《なじ》ったけど、それは俺が憎くて詰ったんちゃうやろ？　自分がハンデでめっちゃ苦しんでるのに、俺がしれっと分かったようなこと言うからカッとなって言うてもうたんやろ？

自分が投げつけたばかりの実例を引き合いに出されると肩身が縮む。

だが、それだけに分かりやすい。

伸：いろんな物事にフラットになるには、ハンデやコンプレックスがあるときついねん。聾の人も一緒やないかな。耳悪いのは一緒やのに君らは喋れる。ちょっとでも聞こえたり喋れるほうがずっとマシやのに、私も同じ苦労してます、仲間ですって顔されたら、虫の居所悪かったらむっとするんちゃうかな。だってしゃあないよ、人間て八つ当たりとかする生き物やもん。

伸：俺だって、親父《おやじ》は亡くなったけど遺産はたっぷりあって学資の苦労もしたことない奴に「俺ら若くして父親亡くして不幸やんな」とか言われたらムカッとするし、虫の居所悪かったら「でもお前、バイトしまくって学費稼がんでええやろ、俺と一緒にすんなや」くらい言うてまうわ。

伸：理想の人なんかおれへんよ。単に条件が違う人間がいっぱいおるだけや。その中には人間できてる人もできてない人もおんなじようにいっぱいおるよ。ていうか、できてる部分とできてへん部分とそれぞれ持ってるんちゃうかな、みんな。聾も中途失聴も難聴も、同じハンデ抱えてる分だけ「あの人は私よりマシ」とか「羨ましい」とか「妬ましい」とか余計にあるんちゃうかな。

ぎくりと肝が寒くなった。
伸のような性格は自分にこそ必要なのに、と伸を内心妬んだばかりだった。

伸：でも、それ許さんでもええんやで、きっと。

伸はあっさりとそこを切った。

伸：おんなじ聴覚障害にカテゴリーされてるけど、あいつとはソリが合わんかったとか、あいつは気に食わんとか、そんなんあって当たり前やし、あってええんやで。おんなじカテゴリーやからみんな仲良く、とかせんでええんちゃう？　だって会社や学校でも気の合う奴と合わへん奴はおるやんか。障害も当然おんなじやと思うけど。

伸：そういう意味では君の知り合いに意地悪言うた聾の人は、すごく人間らしいと思うで。勝手に俺らを理想化すんな、みたいな反発も入ってたかもしれんし。その人にとっては、君らみたいに「喋《しゃべ》れる」人が入ってきたらバランス崩れてイヤやったんかもしれんし。少なくともその聾の人と君……の知り合いはトモダチにはなられへんかったんやろ。

伸：でもトモダチになれる人もおるんやから、それでええやん。

ところで、と伸は話題を変えた。

伸：ひとみさんって手話使えるの？

やっぱり、という感じの質問だったので返事は淀《よど》まなかった。

ひとみ：失聴した頃に少し勉強したけど、今はほとんど覚えてません。基本のコミは発声とメール作成も含む筆談です。

失聴した頃、手話のサークルに入っている健聴者の女子に誘われて習いはじめたが、その誘い方が押しつけがましくてイヤになったと言ったら彼女にひどいだろうか。

私はあなたに有意義なことを学ばせようとしているのよ、と言わんばかりの正義感が鼻について最後には逃げ回るようになった。その頃のひとみには耳が悪くなってもそれまでと同じように発声やメールで交流してくれる友達のほうがありがたかった。

ほかにも耳が悪いと打ち明けたら当然のように「じゃあ手話が使えるんでしょ」と言われたり、ひとみの癇《かん》に障《さわ》る小さな事件はいくつもあった。

明日自分が突然難聴になったとして、あんただったら自動的に手話ができるようになっているのかと言いたい。

手話を学ぶということは新たな言語をひとつ学ぶことと同じで、それなりの覚悟や努力が要る。難聴になったショックから立ち直っていない状態で、言語を新たに学ぶ気力を奮い立たせろというのは当時のひとみにとっては重すぎた。

その重さから逃げ続けたままで今日まで来ている。

聾者もこんな腰の据わってない奴《やつ》に漠然と憧《あこが》れられても不本意だろうな、と仲の話も踏まえて素直にそう思えた。知り合いの話ではなく、ひとみ自身の話だったことは伸には読まれているかもしれない。

伸：じゃあ俺、当面は手話は勉強せんでええんかな。

ひとみ：そうですね、私とのコミのためということなら。

伸とだったらいつか一緒に習ってもいいな、と思ったことは今は言わずにおく。

ひとみ：今日は疲れたので落ちてもいいですか？

伸：そうやな、もう日付変わるもんな。ごめん夜更《よふ》かしさせて。

また今度な、と伸は明るい調子でひとみのログオフを見送ってくれた。

＊

リハビリでデートしてみよう、と伸から言い出したのは、チャットでミーティングを十回ほど重ねた頃だった。

ひとみにしてみたら、鋭かったり見当が外れていたり、仲がやみくもに投げてくる質問にただ答えるだけで、「リハビリ」を始めていいのかどうかも分からなかったが。

質問が重なるごとに、仲が健聴者で自分が難聴者であることが浮き彫りになったが、それは数を重ねるごとに互いを区別する単なる記号と思えるようになっていった。

考えてみれば、自分の難聴を隠すことには執心してきたが、自分が難聴者であるということを突き詰めて考えるのはこれが初めてかもしれない。

レジャー時の事故が原因での難聴だったので、両親はひとみを真綿にくるむように優しくしてくれたが、障害に向き合うことを強制させはしなかった。

一人娘なのに申し訳なかった、かわいそうなことをしたと嘆いて、両親はひとみに一生困らないものを遺《のこ》そうと必死だった。数年前から見合いの話も頻繁に舞い込んでいる。両親の基準で「障害があっても女性を蔑《ないがし》ろにせず、経済力にも優れた男性」を選りすぐった相手ばかりだった。

そのありがたくて重たい愛は、難聴になった頃にひとみに手話を学ばせようとした女子に少しだけ被《かぶ》る。

次のデートに傘は必要なかった。

「晴れてよかったな！」

と伸は上機嫌だ。今度の待ち合わせは東京駅の丸善、やはり『フェアリーゲーム』の棚だ。例によって迷わず落ち合い、それぞれ気になる新刊をチェックしてから同じビル内のカフェに移動する。

だが、今日の伸はひとみにとっては少し気に障る部分があった。

声が何しろ大きいのである。耳が悪いということを知ったので気遣っているつもりだろうが、近くで声を張り上げられても聞こえ自体はそれほど変わらないし、むしろ大声のせいで周囲の視線が集まることがひとみにとってはいたたまれない。

ああ、あの女の子は耳が悪いから彼氏があんな大声で喋っているのね。道行く人が皆そう思っているような気がして肩身が縮んだ。

耐えきれなくなったのは店に入ってからだ。店の中でも伸の声のボリュームは喧噪《けんそう》を圧倒するほどで、周囲の客からじろじろ見られていることをひとみは意識せざるを得ない。

「伸さん、あの」

掛けた声は少し尖《とが》った。

「声、もっと小さくしてください」

戸惑ったような顔をした伸に、ひとみも低い声で噛《か》みついてしまう。

「そんなに声を張り上げても、私の聞こえは変わらないんです。普通の音量で喋ってください、それで聞こえないときは聞こえないときなので」

チャットで随分とその辺は説明したつもりだったので、ついつい言い方にもトゲが出る。伸は申し訳なさそうに頭を掻《か》いた。

「ごめん、分かってるつもりやねんけど、つい無意識で……」

「あと、呼びかけるときに口に手を添えないで」

伸としては声を収束させて聞こえやすくしているつもりだろうが、口元を隠されて唇を読めないほうがひとみとしてはやりづらい。

説明してあったのに、と険のある態度になってしまうのは伸にも伝わっているようで、伸もところどころむっとしている様子だったが、そこは我慢してくれているようだった。

映画を観《み》ようという第一目標は決まっていたので、そこまでは予定で迷わなかった。タイトルも既に決めてある。先日見損ねたファンタジー大作は終わってしまったので、今度は洋画サスペンスだ。封切り直後で人気だったが、見越して早めに待ち合わせたので狙《ねら》っていた回の指定が取れた。

「けっこう賛否両論なタイトルやから楽しみやな」

ざわついたホールなので、伸がひとみの補聴器のついているほうの耳に口を寄せて喋る。

確かに不自然ではないしこの環境では聞こえやすかったが、近くに顔を寄せられるとドキリとした。

伸は自分が先に「埋め合わせじゃない」と宣言して好きだと何度もメールで言っている。すでに告白されていて、しかも自分からも意識している相手にそんな恋人同士みたいな仕草をされると胸が痛いように締まる。

補聴器を付けてもどうしても音質そのままには聞こえない感音性難聴で、伸の声は生で聞いたらどんな感じだっただろうと異性の声に対して初めて思った。できることなら聞きたかったとも。

ひとみが苛立《いらだ》って当たっても同じように苛立とうとはしない伸に、申し訳ないような気持ちになった。自分は伸のように器が大きくなれない。それはやはり耳のことで僻《ひが》んでいる気持ちがあるせいなのか。

開場前の待ち時間でいろんな気持ちがない交ぜになり「ごめんなさい」という呟《つぶや》きが転がり落ちた。伸は怪訝《けげん》な顔をした。

「伸さん我慢強いから。私、けっこう色々つんけん当たってるのに」

「ああ、それは俺が説明されてんのにちゃんとできひんからしゃあないやん」

この常人離れした割り切りも一体どうやって培《つちか》ったのかとひとみには謎《なぞ》だ。

「お、入場始まったで」

伸はまたひとみに顔を寄せて囁《ささや》き、流れ出した列の前にひとみを入れた。

自然な女の子扱いが心地よかった。


映画は筋自体は比較的単純だったが、女優の演技力で最後まで白熱して持っていく作品だった。

「どっかでメシ食いながら話したいな」

伸はひとみの耳元に話しかけたが、ちょうど昼時にかかってしまい、ひとみが話をできる店は映画館の近辺で見つかりそうになかった。

ここはひとみが案を出すところだろう。

「あんまり凝ったご飯は期待できませんけど、カラオケボックスとかどうですか？」

伸は案の定怪訝な顔だ。

「防音だから歌う目的じゃなかったら意外と話しやすいんですよ。カラオケ配信は音を切っとけば邪魔にならないし、昼間は料金も安いし、フリードリンクとかついてるからお得だし」

ひとみも学生時代の友達と話す目的でカラオケボックスに入ることはたまにある。

「歌うんやなかったらいいけど……」

歌が巧《うま》くないと前に白状していた伸は微妙に腰が引け気味だった。

夜なら盛況なのだろうが、真っ昼間なのでがら空きだった。適当に入ったボックスではすぐに五、六名用の部屋に通してもらえた。時間は取り敢《あ》えず二時間。

最初に注文した料理や飲み物が来るまでは落ち着かなかったが、注文が全部揃《そろ》ってしまうと落ち着いた空間になった。内装がチャラいのが玉に瑕《きず》だが、聞こえやすいという点では合格だ。

「やっぱりあれはあの女優の演技力のもんやな」

伸は感想が喉《のど》まで溜《た》まっていたようで、喋れる態勢が整った瞬間から喋りがヒートアップした。

「そうですよね、ちょっとイッちゃってる感じがものすごく巧いですよね。観客まで『今までの全部ヒロインの妄想？』とか騙《だま》されそうになっちゃう」

「ていうかめっちゃ恐《こわ》かったわオカン。あれは配役が他の誰でもあかんかったな」

先日と違い、そのまま映画話で盛り上がった。邪魔はたまに追加注文するドリンクを持ってくる店員くらいだ。

「最後に目の色変わって戦闘モード入るとことかめっちゃええよな！　恐いんやけど、そこがまた。総括すると『オカンはすげえ！』」

「えー、そこに総括しちゃうんですか⁉　私は最後の戦闘シーンはむしろ要らないと思ったけどなぁ。最後までじっくりサスペンスにしてほしかったな」

笑い転げたひとみに、伸が「今まで一番泣けた映画」などのお題を次々投げてきた。関西弁特有の軽妙な喋《しゃべ》りでひとみの聴覚ハンデを乗り越え、話はどんどん盛り上がり、やがてそれが急に収束した。

ふっと伸が天井を見上げたのは監視カメラを気にしたのだと分かった。

ああ、もしかして。

そう思って、しかし体は気持ちに反してバネのように堅く縮んだ。

伸の手が頬に伸びた。骨張った指だが触れ方は優しかった。声を出さずに動いた唇は、聞き取れないのに何を言っているのか分かった。

頷《うなず》いた筈《はず》だった。――自分の気持ちの中では。

伸から顔を重ねようとしたところで、

「嫌ッ！」

自分でも抑えが効かないような鋭い声とともに伸を突き飛ばしていた。

突き飛ばされて椅子《いす》から転げはしなかったが、伸は驚いたようにひとみを見つめていた。だが、ひとみのほうには伸の様子を気にする余裕はない。

ただ自分の肩を抱いて震えて、――その震えは自分では収まる気配もなかった。

「――ごめん」

伸が自分でも多分戸惑いながら（何しろひとみは仕草で絶対にＯＫを出したのだ）、ひとみの肩を壊れ物のように触った。一度触れて確かめてから、軽く肩を抱く。安心させるようにリズムをつけて肩を叩《たた》く。

慌《あわ》ただしい足音が廊下から響いてきて、険しい顔の店員が入ってきた。彼が何かを問い質《ただ》す前に伸が口を開いた。

「すみません、ちょっとイヤなこと思い出してパニックになっちゃったみたいで……落ち着くまでほっといてもらえます？」

世慣れて聞こえる関西弁に引き下がった店員が立ち去ってから、伸がひとみの肩をまた叩いた。優しいリズムに少しずつ落ち着いて嗚咽《おえつ》が漏れた。

「ごめんの他に何言うたらええ？　俺」

「違……」

ひとみは伸にしがみつくように嗚咽を逃がしながら、

「伸さんに、……」

キス、という単語は無声音に潜めた。「されるのが嫌だったんじゃなくて、」

お化けのように蘇《よみがえ》る嫌な記憶。

ちゃんと自分の状態を周囲に主張できたらあんなこともなかったはずの、伸みたいにきちんと自己主張できる性格だったら起こらなかったはずの、蘇る度に慌《あわ》てて蓋《ふた》をするしかない事件。


ひとみが職場で筆談を貫くようになってから二年目にやってきた嘱託の社員だった。そこそこの企業からの天下りだったらしい。

女子からの皮肉や嫌味が元で一切喋らなくなった事情は、数年で入れ替わっていく嘱託には届かなかった。

彼に分かったのは自分の部署に喋れない女子社員がいる、ということだけだ。

そして喋れないなら多少のことをしてもバレるはずがないという浅ましい算盤《そろばん》なら

弾《はじ》けたようだ。

　手や肩を触られていたときはさりげなく逃げて事なきを得ていた。小声で「やめてください」と言ったりもしていたので、喋れることは伝わったと思っていたのだが、彼は出せる声はそれが限度だと思ったらしい。

　残業で二人残ったときに嫌な予感がして、それは的中した。

　その嘱託はひとみに抱きついて、猥褻《わいせつ》行為に及んだのである。

　やめてください、誰か！

　大声でそう叫んだひとみに、その嘱託は雷に打たれたようにひとみから飛び離れた。隣の研究室に残っていた社員が駆けつけて、嘱託はそのまま警備に引き渡されて警察で書類送検になった。

　喋れると分かってたらこんなことしなかったのに！

　詰《なじ》るように嘱託はひとみを責め、これに同調したのはひとみを仲間外れにしていた女子社員だった。

　どうせもう先のない年寄りなのに前科つけるなんてかわいそうなことするわよね。年金もらえるまであと五年もあるのに。喋れることとくらい教えといてあげたら、あの年寄りも変な気起こさなかったかもしれないのに。

あたしたちとは喋らないくせに男とは媚《こ》びて喋るのね、影に日向《ひなた》にそういたぶってひとみをオフィスで喋れなくさせた彼女たちがそう責めたのだ。

　また問題が起きたら困るから、と会社はひとみに二度と残業させなくなった。両親はひとみにいつの頃からか残業がなくなったのは、企業が障害者に配慮した結果だと思っており、その事件のことは未《いま》だに両親に打ち明けていない。両親が会社を訴えることは明白だったし、そんなことになったらひとみは会社でますます孤立するだろう。

　その両親の愛はやはりありがたくて重たかった。


「君は何も悪くなかったで」

　伸は話を聴いてそう言った。ひとみに言い聞かせるように肩を抱く手に力が入る。

「喋れへんから悪戯《いたずら》したろとか考えるジジイがどう野垂れ死んでも、君に責任なんかあるわけないやろ。庇《かば》う女もどうかしてるわ、神経疑うわ。残業させへんなった会社はちょっとヘタレやと思うけど、まあ君のせいにせんかっただけマシや。よかったな、まともな会社で」

　歯切れ良く切り捨てる伸の口調は心地よかった。

「そんで、ちゃんとそんなときに自分のこと守れてえらかったよな」

親にも言えず、事情を知っている誰にも慰めてもらえなかったことを、数年ぶりで誉《ほ》めてもらえてますます涙が出た。

えらかった。そんなときに自分のことをちゃんと守れてえらかった。

伸に言われたからこそひとみには余計に価値があった。

「ごめんな」

謝られたのは多分、キスをしようとしたことだ。

「謝らないでください……いたたまれなくなるので」

ひとみのほうも伸なら構わないと思ったのは確かで、ただ直前で体の記憶が無差別に拒否をした。そこを説明するとひとみのほうもしてほしかったのを説明することになるので恥ずかしい。

「でも、別にそこからすっごい行為に及ぼうとか思ったわけやなくて。ちょっとこう、今それだけしたいな、それだけやったら許されそうやなーって思っただけやから勘弁して」

ここから先は照れ隠しでふざけていることが分かったので、ひとみも適当に膨れて無視した。

4
「ごめんな、君が泣いてくれて気持ちええわ」

メールも相変わらずラリーで一、二週に一度はチャットも入り、デートもそれから何度かした。

付き合っているのかいないのか、ごく微妙な間合いで過ごした数ヶ月だった。

俺ら付き合ってるよな？

そう訊《き》いたら「そうですね」と返ってきてもおかしくなさそうな。伸行もひとみの障害に関する間合いは少しずつだが摑《つか》めてきている。

しかし今ひとつ踏み込めないのは、普通なら会うのが一番盛り上がって嬉《うれ》しいはずなのに、それが盛り下がることが多いからだろう。

図らずもひとみのトラウマを引いたときは、このまま距離を詰められるような気がしたが、結局はその後も会うとなると細かな喧嘩《けんか》やすれ違いが続いてばかりだ。

そして伸行の側にも、ひとみからのストレスは蓄積されつつあった。

ひとみの意向を汲《く》んで自分なりに動いているつもりが、どうしても細かいところでそれがズレる。

＊

そして決定的なことがその日にあった。

狭い歩道を歩いているときのことだった。

後ろから追い抜かそうとしてきたカップルに、伸行が先に気づいた。ひとみを脇《わき》へ避《よ》けさせようとしたが、カップルが追い抜きをかけるほうが早かった。

耳が悪いためにどうしても歩調が遅くなりがちなひとみを、男がわざとらしく横へ突き飛ばしたのだ。

モタモタすんなと吐き捨てた男に、程度の合った隣の女も「やだぁ、イジワルー」などと聞こえよがしにケラケラ笑って通り過ぎようとした。

ひとみは街路樹の植え込みの中に突き飛ばされ、きれいなパールのストッキングが小枝で無惨《むざん》に伝線し、ふくらはぎの辺りも細かいひっかき傷だらけでうっすらと血が浮いていた。

「ちょぉ待てやお前ら！」

頭で考えるよりも先に巻き舌で啖呵《たんか》が切れるのは、多くの関西人が持つ特殊技能である。

「自分が今何したか分かっとんのか！」

反駁《はんばく》が来るとは思っていなかったのか、またその反駁がバリバリの関西弁で来ると思っていなかったのか、カップルは虚を衝《つ》かれたように伸行たちを振り返った。

何しろ関西弁（特に河内弁《かわち》）は、いかなる外国語との喧嘩でも迫力負けしない地上最強言語である。巻き舌に啖呵のタイミング、こと喧嘩言語としては世界中でも最も進化している言語であると言っても過言ではない。

「今お前が突き飛ばした女の子、耳に障害持ってんねんぞ！」

むしろ周囲の人が彼らを白い目で見るように大声を張った。

「障害持ってる人突き飛ばしてモタモタすんなとか、お前らそれもう一回人が観《み》てる前で言うてみい！」

伸行の啖呵だけでなく周囲の白い目がこたえたのか、カップルが忌々《いまいま》しげに舌打ちをした。女のほうがひとみのズタズタになったストッキングを見て、ふて腐れたように吐き捨てた。

「弁償すればいいんでしょ！　いくらよそれ！」

謝ればそれでよかったのだが、そのふて腐れ具合でブチ切れた。

こいつら絶対詫《わ》びさせたる、と意地になった伸行の腕にすがってひとみが止めた。

鋭く「やめて」と囁《ささや》く。

いつもならひとみの懇願は理由を訊かずに何でも受け入れる。耳の悪いひとみには何が地雷なのか、健聴者である伸行には判断がつかないからだ。だがそのときだけは無理だった。

「何でや！　こいつら君に怪我《けが》させて全然反省してへんねんぞ！」

「意味ないからッ」

また鋭く囁いたひとみが、ますます伸行の腕にすがる手に力を込めた。

そしてカップルのほうへ顔を上げる。

「邪魔になってすみませんでした、弁償は結構ですからもう行ってください」

凛《りん》として聞こえる、しかし伸行には泣き出す寸前だと分かる声で宣言し、カップルは気まずさでかブツクサ呟《つぶや》きながら長い坂道を下っていった。

そしてひとみは近くのビルの上り口の隅に耐えかねたように腰を下ろした。

おねがい、と両手で顔を覆《おお》う。

「大勢の人が注目してる前で、私の耳のことなんか言いふらさないで」

胸を貫くような悲痛な声だった。

ごめん、と言うしかないような声だったが、伸行にとっても少しずつ積み重なったストレスが今まさに臨界を突破した。

「俺は……聞かせたかったんや、周りの人に！　あいつらが君に何をしたか、どんな恥さらしなことしたんか、周りの奴《やつ》らに分からせたかったんや！　通じんからって、そこで見過ごしたくなかったんや！」

「天誅《てんちゅう》でも下してやりたかったの？」

皮肉っぽいひとみの台詞《せりふ》は疲れ切っていて、疲れ切ったその声が伸行の気持ちにも鈍い刃先を突き込む。――そんな言い方。

俺は君をあんな最低な奴らに蔑《ないがし》ろにさせたくなかっただけやのに。どうして君はそうやって足中に引っ掻《か》き傷を作ってそれでもあいつらを見過ごせるんや。

「見過ごしたくて見過ごしてるんじゃないんです。言ったじゃないですか、意味ないからって。無駄なんですよ」

ひとみの声は今まで聞いたこともないほど投げやりだった。

「『ああいう人が私の障害知らされたからって、後からでも『知らないからひどいことしちゃったね』なんて思うと思いますか？　あいつらキレイごと押しつけてウザイ、むかつく、恥かかされたくらいにしか思いませんよ。そんで『障害者はウザイ』しか記憶に残らないんですよ、どうせ」

「そんなこと分かれへんやんか……」
言いつつ仲行の声も歯切れが悪くなるのが正直なところだった。
「後で寝覚めの悪い思いくらいはするかもしれへんやろ」
「それでも『世の中には耳が悪い人もいるから、後ろの気配に気づけない人がいても
イライラしたら駄目だね』なんてあの二人が思うと思いますか？　みんながそこまで
思ってくれるならその度に言う意味あるけど、そうじゃないならその度に私の障害を
ひけらかされたくないんです。だって『この人耳が悪いのね』って周りの知らない人
に哀れまれるのは仲さんじゃなくて私なんだから」
その投げやりな声が、ひとみが今まで裏切られてきた回数だ。——世間から。
「だから私、ああいう人はもう同じ人間だとは思わないんです。同じ形してるだけの
別の生き物。だから理解したり気遣いあったりもできないの。あれは、私にとっては
人間じゃないの、もう」
それは君からああいう奴らへの差別じゃないか、などというキレイごとはさすがに
口に出す気になれない。差別されることに敏感で、常に差別されることに苦しんでる
君らが、ああいう連中を逆に見下すことで差別するのか、なんて理屈を言うのは簡単
だ。しかし、ひとみがそう思うようになるまでどれだけの逆風を受けたかを思えば。

だが、見下す『健聴者』の側に自分も入れられていることに気づいてしまったのがいけなかった。伸行はこの場合、ひとみという難聴者の苦悩を理解できない無神経な健聴者というカテゴリーに入れられているのだ。

特権みたいに傷ついた顔をされるのも癇《かん》に障《さわ》った。

「……そうやって世界で自分しか傷ついたことがないみたいな顔すんなや」

抑えようと思う前にもう吐き出していた。ひとみがどれだけ自分をタフで大人だと買ってくれているかは知らない、しかし伸行もまだ二十代半ばの若造で、その限界は厳然とあるのだ。

「いっつも自分の耳悪い苦労ばっかり言うよな。気遣い行き届かへん俺を責めるよな。でも、君かて俺をちょっとでも気遣ったことあるか？　俺にも君みたいに傷ついた昔があったかもしれんとか思ったことあるか？　伸さんはすごい、伸さんはえらいって都合がええときに都合のええところだけつまみ食いで誉めてもらっても、こっちかてたまらんときはあるんやで」

言っても仕方がない、だから言わなかった。そうした自分の弱さを人に投げつけるのは伸行のプライドに添わないが、もうそんなものに構っていられない程ひとみからの小さなトゲは限界だった。

「君、自分の親父《おやじ》に忘れられたことあるか？」

ひとみが慄《おのの》いたように顔を上げた。涙の筋がついた頬がふるふると横に振られる。

「俺の親父は高校のとき亡《な》くなったって言うたよな。うちの親父はアウトドア好きで河原で太いハム焼いてそうな気のええおっさんで、俺は親父が大好きで尊敬してたし、まだまだ教えてほしいこともいっぱいあった。その親父の死因がなんやったと思う？脳腫瘍《のうしゆよう》や」

目の焦点が合わなくなったと眼科に行ったらいきなり脳神経外科に回され、脳腫瘍の末期だと診断された。もう手術しても手遅れな状態で、ホスピスを勧められた。

「けどな、俺らは無駄な手術してもそれで半年親父が長く生きられるなら、やっぱり手術してほしかってん。兄貴も就職したばっかりで給料もまだ少なかったし、大黒柱が急に倒れて生活苦しかったけど、そんでも親父に生きててほしかったんや。あり金かき集めて、母ちゃんも美容院閉めずに頑張って、俺も店を手伝って、『無駄や』て医者に断言された手術受けさせたんや」

手術、成功したんですか。

ひとみの声は祈るようだった。過去に祈っても結果は変わらないのにやはり祈ってしまうところがささくれていても彼女は優しい。

「成功したよ。でも、一年は保《も》たへんかったな。それと、思ってもみんかったオマケがついてたわ」

ああ、俺は俺の持ちネタで君を傷つけようとしてるけど、頼むから聞いて。君も君の持ちネタで今まで散々俺をささくれさせてきたんやから、せめて傷は舐《な》め合わせて。

「手術が終わって目ぇ覚ましたら、親父は家族の中で俺のことだけ忘れてたんや」

ひとみがこぼれそうなほどに目を見開いて、その目からまた大粒の涙がぽろぽろとこぼれた。

今でも忘れない。真っ白い清潔なその部屋で、髪を剃《そ》られて丸坊主《まるぼうず》になった父親は、ベッドの周囲に家族を捜した。

母親を見つけて「お母ちゃん」と呼び、兄を見つけて「宏一《こういち》」と呼び、兄に並んでいた伸行を見つけて、「お世話になりました」と麻酔の残った体で懸命に会釈《えしゃく》をしたのだ。

父は伸行のことを手術中に世話になった看護士か何かだと思っており、母親が必死の形相で父を揺すぶりながら「お父ちゃん何言うてんの！　次男の伸行やないの！」と説明しても、それはとんと思い出せない脳の迷路に溶け込んでしまったようだった。

母や兄のほうが取り乱していたが、伸行も呆然《ぼうぜん》としていただけのことだ。

手術して入退院を繰り返し、最終的に医者が最初から勧めていたホスピスに入った。家族で交替で介護したが、それでも父親は伸行のことだけは通いのヘルパーと思っていた。煙草《たばこ》の好きだった父親のために毎日一本だけ煙草を吸わせる許可が出ていたが、伸行が火を点《つ》けるために一吸いして咥《くわ》えさせると、母や兄のときとは打って変わって「すんませんなぁ、ヘルパーさんにこんなことまでしてもろうて」とひどく恐縮していた。

もうそれを訂正することはしなかった。父に認識できない家族関係を押しつけても苦痛なだけで、伸行は謝られる度に「ええんですよ、僕らも仕事ですから」と笑った。父の前で笑い、誰もいないところで何度も泣いた。家族の前で泣くことはプライドが許さなかった。

母のことを覚えているのは当然としよう。しかし、兄と伸行がいて、兄しか覚えていなかったのは何故《なぜ》か。愛情の量が違っていたのかということは、常に突きつけられざるを得ない命題だった。

最初の子は珍しいし嬉《うれ》しいから写真がたくさん残るが、二子、三子になるに連れて子供の出生に慣れてくるので写真が減ってくる、というのは世間でよく聞く冗談だが、伸行にはもう聞き流せないブラックジョークだった。

「ひとみさんはな、もしご両親が同じ目に遭っても、絶対に忘れられることはないよ。一人っ子やからな。一人娘のこと忘れる親なんか絶対おらへんから大丈夫やで。何人もおったら俺みたいにひょっと忘れられるかもしれへんけどな」

ひとみが何か言おうとしたのを手振りで封じた。

「頼むから慰めんといてな。俺には君の障害のことホントの意味で慰められへんし、理解できひんて君は何度も言うたよな。俺にとってもこれは誰にもどうしようもない種類のことやから。親父と仲良かったと思ってるよ、でも親父は家族の中で俺のことだけ忘れた。その事実は絶対に変わらへんし、誰にも解釈できひん。そこは俺は君を突っぱねてもええよな？　君が俺を突っぱねるみたいに」

ひとみはもう喋《しゃべ》ることもできずに嗚咽《おえつ》で肩をしゃくり上げるばかりだ。

「ごめんな、君が泣いてくれて気持ちええわ」

もう伸行の口を見ていないからどこまで聞こえているかは定かではないが。

日頃ひとみにささくれさせられて恨みがましく思っていた部分が確実にあったので、ひとみを泣かせたことで意地悪にもすっとした。

「そのままじゃ歩かれへんよな」

問いかけは届かなかったのか、ひとみがぐちゃぐちゃの泣き顔で顔を上げた。その折り畳んだ膝《ひざ》を指さして再度問いかける。

「それじゃ歩かれへんよな」

ストッキングはズタズタだしふくらはぎは引っ掻き傷だらけだ。小綺麗《こぎれい》な服装との バランスが台無しである。

せっかく俺と会うためにキレイにしてくれたのに、とさっきのカップルが憎らしく、絶対にひとみが泣くと分かっている持ちネタでひとみを泣かせた自分の器量のなさも忌々しかった。

「あの、すみません、どこかコンビニで黒のハイソックス買ってきてくれませんか？ 血がついていても分からないし、履き替えやすいから」

「分かった、黒のハイソックスやな」

ひとみをその場に置いてコンビニを探しに走る。十分とはかからなかったはずだが、元の場所に戻るとひとみはいなくなっていた。

代わりにひとみの座っていた場所に石で押えたメモが一枚置いてあった。

すみません。今日は会わせる顔がないので帰ります。ハイソックスのお金は、次に会ったときに払わせてください。

気を遣っているようで微妙に自分本意なひとみらしい書き置きだった。ここで先に帰られた男の立場が想像できないのは、男慣れしていないのか性格か。おそらく両方だろう。

相手によってはここでもう糸が切れるで、と思いながらメモを取り上げる。買い物の代金を次に会ったときに払う、と書いている辺りに伸行は辛うじて次に繋《つな》がる好意を読み取ったが。

メモを財布に挟んで帰り、自宅でメールをチェックしたが、ひとみからのメールはその日届くことはなかった。

＊

「向坂くん、おひさー」

けっこう最悪だったその週末が明けた月曜日、昼飯に出ようと会社の玄関ホールを出たところで声をかけられた。振り向くと、本当に久しぶりの二塁打ナナコである。飲み会で気まずくなったのは数ヶ月前だったか。

「久しぶり、元気そうやな」

「元気元気ー、向坂くんに叱《しか》られてからはしばらくへこんだけどー」

「わぁ、それ言うか今」

苦笑すると、ナナコはペコリと頭を下げた。

「あのときは失礼でした、ごめんなさい」

「何、急に」

「あのねー、あれからけっこうちゃんと反省したんだよー。俺はオウムや九官鳥じゃないっていうの、けっこうグサッと来てさぁー。あたし失礼だったなーって。だから今度会ったら向坂くんに謝ろーって思ってたんだけど、部署が違うし接点もないからこんなに時間が経《た》ってしまいましたー、マル」

喋り方は相変わらずだが、いい子だなと素直に思えた。身なりにも相変わらず気を遣っているようで、今なら二塁打半くらいはあげてもいい。

「よかったらメシどう？　奢《おご》るで、俺今日一人やから」

不意に誘ってみたのは、週末ひとみに振られたのがやはり少しこたえている。

「わー、やったぁ。ミサコちゃんラッキー！」

あ、名前はナナコじゃなかったんだなと当然のことを今さら思った。

「近くにバリ料理あるんだけど、そこでもいい？」

「ええよ、俺に任せたら牛丼《ぎゅうどん》とか定食屋やしな」

「えー、そんなの絶対イヤー」

ああ、こういう頭の中身がうすっぺらそうな女の子ってええなぁ、と思ったのは、今付き合っているのかいないのかハッキリしない相手がやたらと面倒くさくて複雑なせいかもしれない。


ミサコに連れて行かれた店は、ココナッツミルクを多用したライスや総菜が微妙に甘ったるくて閉口したが、香辛料を使ってごまかすとそこそこ食える程度に慣れた。

「向坂くん、あんまり元気なさそうだよねー」

不意にそんな話題を振ってくる辺り、ミサコも話し口調はアレだが鈍くはない。

「うん、ちょっとな」

「仕事大変？」

「仕事は順調。プライベート寄りやな、今ちょっと難しい女の子と付き合ってて」

まったく接点のない他人に愚痴をこぼしたい程度にはへこんでいたのだとミサコに吐きながら気づいた。

「あー、何だ彼女いるんだ？　チャンスだと思ったのにぃ」

「彼女かどうかまだよう分からんねんけどな。俺のほうは好きやわ」

「わー、そういうとこ容赦なく釘《くぎ》打つ辺りがカッコイイよねぇ向坂くんて」

彼女どんな人なの、とこれは悪気のない好奇心だろう。

「ミサコさんほど身なりに気遣ってないフツーの子やで。あんまり垢抜《あかぬ》けてないし。でも考え方や言葉の使い方が俺には気持ちぇぇねん」

「わー、そういう基準てあたしよく分かんない。やっぱり向坂くんとか頭いい子じゃないとダメなんだね。あたしはかわいくしてたら喜んでくれる人のほうがカンタンでいいや」

ミサコの発言はこれはこれで潔《いさぎよ》くて見上げたものだ。けっこう面白いなぁこの子、と興味が湧《わ》いてきた。自分の守備範囲から外れているタイプだからかもしれない。

「その子のこと好きなんでしょ？　何でうまくいってないの？」

痛いとこ衝《つ》くなぁ、と伸行は笑った。

「人には言わんといてや。ちょっと聴覚にハンデがある子やねん。そんで、俺が気ィ遣おうとしても何か噛《か》み合わんで怒らせてもうたり、こないだも行き違ってめっちゃ泣かせてもうて、ちょっと目ェ離した隙《すき》に帰られた」

「あー、めんどくさいよねえ、そういう子」

　ミサコはあけすけにそう言い放った。

「あたしもねー、友達の友達に身障の人いるのー。その人来たとき、絶対誰かと喧嘩《けんか》になってる。何か、ああいう人ってやっぱりちょっといじけてるっていうか拗《す》ねてる人多いんだよね」

　世間体や体裁などまったく気にしそうにないミサコがどんな話をするのか、思わず釣り込まれた。

「何かねー、わざと空気読まない人多い感じがする。普通なら流すところ、わざわざ突っかかってわざと喧嘩になるようなことするよ。ミサコも『こないだあたしのツレがねー』って言ったら、『ツレって相手を見下した言葉だよね、そういう言葉遣いの女性って下品でどうかと思う』とか言われたの。チョー余計なお世話でしょ？　別に見下してないし、こっちはフツーに遣ってる言葉だし。でもね、それって試してるんだって。そんなイヤミな言い方してもその人が自分のこと嫌いにならないかどうか。これ、ボランティア囓《かじ》った人に訊《き》いただけだからホントかどうか知らないけど。で、喧嘩しても嫌われないかどうか確かめて安心したいんだってさ。だから好きな人ほど突っかかったり、『どうせあなたも分かってくれない』みたいなこと言うんだってー。

施設とかじゃわざとウソとか吐《つ》いて困らせる人もいるらしいよー」

「分かるような分からんような話やな、それ」

「向坂くんの彼女もおんなじじゃない？」

でも、と抗弁したくなったのはやはり惚《ほ》れた弱みだろう。

「メールとかはホンマに理知的で理性的なんやで。会ってるときに限って何か揉《も》めるねん。俺のこと嫌いなんちゃうかって不安になるわ」

「だからぁ、逆なんだってば。ってミサコも分かんないけど断言しちゃうけどさ」

ミサコはバリ風ランチプレートをかき混ぜていたスプーンを振った。

「彼女、向坂くんのこと好きなんだってば。でもほら、ネットだったら普通みたいにできるけど、実際に会うと向坂くんに頼らなきゃいけないことが多いわけでしょ？　頭いいみたいだし、それがプライド的に許せないんだよ、きっと。だからこっちから『○○して』って頼みたくないんだけど、やっぱり口に出して頼まなくちゃ向坂くんのフォローがどっかズレてるから、癇癪《かんしゃく》起こしてるんじゃない？　『あたしが細かく頼まなくってもちゃんとフォローしてよ！』みたいな？　向坂くんに甘えてるんだと思うけど、甘え方すごくヘタだね、彼女」

「どないしょう、俺」

思わず匙《さじ》が止まった。

「甘えてたんやとしたら、俺その場で突っ放したわ」

説明するとミサコはケラケラと笑った。

「だーいじょうぶだよぉ、甘えすぎたってへこんだんじゃない？　ちょっと反省して素直になるかもよ。教育すんなら次の接点チャンスだよ」

ミサコさんすごいなぁ、と思わず呟《つぶや》くと、ミサコはまた笑った。

「レンアイに命賭《か》けてるもん。向坂くんよりずーっと上手《うわて》だよ。レンアイって偏差値要るんだからね」

「俺、低いわ多分。彼女も」

「さて、ここで提案です」

先にランチを終えたミサコが幾多の男を虜《とりこ》にしたであろう笑顔で小首を傾《かし》げた。

「あたし頭悪いけど、その彼女より絶対めんどくさくないよ。乗り替えたりとかしてみない？　向坂くんなら先にカラダの相性確かめるサービスも付けちゃう」

「うーん」

正直、以前の飲み会よりはずっと魅力的な提案に思えたし、今日のミサコは機転の利《き》く魅力的な女性にも見えた。

「でもあかんわ、君と付き合うの思ったより楽しそうやけど、俺絶対に彼女と比べるから。彼女やったらどう言うやろうとか色々」

「彼女やったらどう鳴くかなぁとかも？」

「うわちょっと、生々しいこと言わんといて。大変やねんで、我慢すんの」

大事にしてるんやねぇー、とミサコは伸行の関西弁を真似《まね》したつもりらしい珍妙な発音で相槌《あいづち》を打った。

「気が変わったらいつでも言ってね。向坂くんなら今カレいても対応可」

「それ聞いたら余計恐《こお》うて行かれへんわ」

苦笑したタイミングで食後の飲み物が来て、昼休みもそろそろ終わる頃合いだった。

＊

Title：メモ読んだよ

メールはくれへんかったんやな。あのメモが風で飛んだりしてたら、もう振られたと思って諦《あきら》めるところやったわ。

君は俺と縁を続けてたいんか縁を切りたいんか、正直どっちか分からへんところがあるなぁ（別に責めてないで、単なる感想やから）。

ハイソックスのお金、次に会ったときに払うって話やから一応信じるけど、普通は揉めた直後の男からあんなふうに逃げたらもう終わるで。男は意外と傷つきやすくて繊細やから「そこまで俺のこと嫌なんや」って思ってまうほうが多いと思うわ。俺はいいかげん君の間合い飲み込んでるつもりやから、君を信じるけどな。

足の引っ掻《か》き傷とかは治った？　けっこう目立ってたから心配です。

この前、会社の女の子に言われました。彼女が向坂くんに突っかかってくるのは、俺に甘えてるんちゃうかって。もしそうやったら受け止めきれんでごめん。張り合うみたいに自分のトラウマぶつけたりとか、意地が悪かったな、俺。

でも、俺も君と年が変われへん若造やってことだけは、たまに思い出してくれると嬉《うれ》しいです。君みたいに難しい子と付き合うとたまにいっぱいいっぱいになります。

俺には君の傷ついてきた歴史は分かれへんし、君にも俺の傷ついた歴史は分からんと思います。俺の言うことは今までいろんな人が君にもう言うてきたことなんやろうし、途中で俺から止めてしまったけど君が俺を慰めようとしたのも、いろんな人が俺にもう言うてることやと思います。

どうせお互い完全には理解できへんのやから、言いたいことを言おうと思います。

怒らんといてなっていうのは無理やと思うから、できるだけ勘弁してや。


ひとみさん、髪切ってみいひん？　俺、前から思っててん。ひとみさんの髪質やとロングは似合わへんわ。しかもカラーも入れんと、伸ばしっぱなしで裾《すそ》切りっぱなしやろ？　あんなんしたらどんな女の人でもやぼったく見えるし暗く見える。少しだけ明るく色入れて、髪アップにしてもええけど、ひとみさんが一番似合うのはショートやと思う。

ひとみさんが補聴器隠したくてそんなやぼったい伸ばしっぱなしの髪にしてるのは分かってるけど、客観的に見たらそんなんしても何もいいことないで。どんなにいい服着ても垢抜けんし、市松人形がムリヤリ洋装着せられてるみたいでちぐはぐやねん。ひとみさん、素材がすごいもったいないことしてるで。すごい美人になるとは言わん、俺は冷静やからな。でも今よりは絶対カワイクなる。

髪切って補聴器も見せようや。そしたらこないだみたいに後ろから「ウザイ」って突き飛ばされることもないわ。

ひとみさんはあいつらのこと違う生き物やって見放してたけど、さすがに後ろから補聴器が見えて突き飛ばすほどひどい奴《やつ》なんか、それほどは世間におらんと思うねん。それでもそんなことする奴は周りの奴が白い目で見るし、俺もそばにおったら絶対助けるわ。

女性がキレイになろうとせんのは犯罪やってうちの両親よく言っててん。君もそうやで。補聴器なんか今、ホントちっちゃくなってるやんか。あんなちんまい機械一個のためにあんなやぼったいカッコしてんのもったいないで。だって隠しても見せても、どっちにしても君は嫌な思いずっとしてるんやんか。

それやったら見せて今より垢抜けたほうが絶対得やって。女の人はやっぱり容姿のレベルに関わらず、身綺麗《みぎれい》にしてるほうが絶対得する。これは美容院でずっと育ってきた俺が自信を持って断言するわ。

それに周囲の人かて、「この人補聴器つけてるから耳悪いねんな」って分かるほうが安心やねん。普通の人に偽装して、ぶつかって怪我《けが》とかさせてから「実は耳が悪いんです」って言われたらそのほうが焦《あせ》るよ俺なら。「分かるようにしといてくれや」って思うし。

ひとみさん、どうせ髪切ってるのお母さんか誰かやろ？　プロがあんな雑な切り方せえへんもん。東京で俺の親戚《しんせき》のおばさんとかも美容院やってるし、もしよかったら付き添うからさ。身内やから色々細かい注文も聞かせられるし。

そのおばさん、理容師の免許も持ってて顔とか眉《まゆ》も剃れんねん。肌キレイになって眉も整えてもらえるってけっこう評判ええんやで。

美容師のおばさんと喋《しゃべ》るのがイヤやったら俺が代わりに注文言うし。気が向いたらまた考えてみて。

伸

＊

「何や今度は！」

数日してから伸行はノートパソコンの画面に向かって叫んだ。

ひとみからは一向に返事が来ず、ブログを覗《のぞ》きに行ったら『レインツリーの国』のトップページがなくなっていたのである。

ごめんなさい。考えたいことや反省したいことがたくさんあって、サイトの管理をするのがきつくなりました。しばらく休みます。


閲覧者向けか、トップの書き置きはそれだけだ。

だが、伸行にとっては皮肉に受け取れる要素が多すぎる。

伸行としては前向きな提案をしたつもりだった。ひとみはもっとオシャレが似合うと思えたし、補聴器を隠して障害を糊塗《こと》しても実際に嫌なことはなくならなかったのだから、いっそ補聴器を隠さない代わりに「安くない」女に見せたほうがいい。

ひとみに痴漢行為を働いたその嘱託だって、ひとみが喋れないという誤解に加えてやぼったさと垢抜《あかぬ》けなさで「甘く見た」に決まっているのだ。

だが、男からそんな提案はやはり出過ぎていたのだろうか。

そして胸が不安に騒いだ。もしひとみがこのままサイトを閉じたら——アドレスも黙って変えてしまったら。

伸行とひとみの接点はネットの中の細い糸で、それはリアルでは繋《つな》がっていない。実際に何度か会いもしたが、お互いの住所や電話番号を交換しているわけではないし、辛うじて交換した携帯のメルアドも変更されたらそこで終わりだ。

ごくあやふやに繋がっていたことを、こんなことになってから思い知る。いつでもお互い好きなときに切れる糸だったのだ、それは。

思えばお互いの本名すら知らない。ハンドルネームが本名由来ということだけで。

ひとみは――切る準備に入ったのだろうか？

履歴から各コンテンツのアドレスを直打《じか う》ちでいくつか試してみるが、別に内部まで削除したわけではないらしい。そのことが辛うじて安心の種だ。

しかし、こんなときにも確実な返事は期待できないメールしか連絡手段がないのが痛いところだ。

せめて見てくれていますように。

Title：俺のせいですか

『レインツリーの国』を見ました。

ああなったのは俺のせいですか。ごめん。ごめんじゃ足らへんのかもしれんけど、もう俺にはごめんしかよう言わん。

俺は出過ぎたことを言うたんやろうか。

君にとって俺がもう苦痛な存在にしかなられへんなら俺のほうが消えるから、君はあのサイトを辞めないでください。

あのトップの文章見て初めて分かった。あそこは、『レインツリーの国』は、耳の悪い君が世界で唯一《ゆいいつ》自分の耳のこと負担に思わずに誰にも引け目なく振る舞える国で、そこで生き生きと言葉を綴《つづ》ってた君は『フェアリーゲーム』というきっかけがあったにしても掛け値なく魅力的で、俺はその国を楽しんでた君にこっちを向いてほしくて仕方がなかったんや。

俺がこっちにおるからこっち向いてくれって。その国から出てきて現実におる俺と触れ合ってくれって。

俺は勝手に君を好きになっただけで君からその国を取り上げる権利なんかなかったのに。

だから君が苦痛なら俺が消えます。

君が楽しく過ごせる場所を取り上げたくて最初のメールを出したわけじゃなかった。君が生き生きと言葉を綴ってるところが好きやったんや。君の幸せな国を壊したくて会いたかったわけじゃない。信じてください。

俺は、俺と似てて少し違う言葉を使う君という人に、どうしようもなく惹《ひ》かれてただけなんや。知り合ってもっと君の言葉を聞きたかっただけなんや。

どうかこのメールが宛先《あてさき》不明で戻ってきませんように。

そして君の『レインツリーの国』が一日も早く復旧しますように。

伸

*

伸のメールはまるで泣いているようだった。

そうじゃないんです、と返事を書きたかったが、すぐに言葉を尽くすとまた空疎《くうそ》になって散らばってしまうような気がして、ひとみはそのメールを受け取ったまま何日も固まっていた。複雑に散らかった胸の内をどうやったら掃き寄せて語れるのか。

これ以上放っておけば、伸は本当に切られたと思うだろう。そのリミットでやっと返事を書きはじめた。苦い薬をこらえるようにぽつりぽつりと一つずつキーを打ち、やがて雨垂れだったキーがようやくいつもの速さで流れはじめた。

Title：RE：俺のせいですか

仲さんのせいじゃありません。それだけは信じてください。

本当に、今ちゃんと考えたいんです。日頃の暇つぶしに混ぜて適当に考えるんじゃなくて、今まで逃げて考えなかったこと、ちゃんと考えたいんです。


自分の甘えてたところとかワガママなところ、嫌なところ、いいところもあるならそれも見つけてあげたい。


『レインツリー』は絶対再開します。

仲さんのせいで閉じるなんてことは絶対にしません。今はそれじゃダメですか？まだ巧《うま》く言えないことがたくさんあるんです。

いつか全部言います。それまで待っててください。季節が変わるまでは待たせないように頑張ります。

立て替えてもらったストッキングのお金も返さなきゃいけないことですし、絶対にこのまま仲さんの前から消えたりはしませんから。

少しだけ私がいろんなことに強くなれる時間をください。

ひとみ

またキーが少しずつ雨垂れに戻り、やがて止まった。これ以上は今は無理だった。

恥ずかしくて、情けなくて、伸と向き合うことが辛《つら》かった。

君は自分の父親に忘れられたことがあるのか、と詰《なじ》るわけでもなく突きつけた伸は、ひとみの鏡のようだった。

どうせ他人には分からない、この痛みは分からない。その投げやりな思考停止は、いつもひとみが耳を盾にして伸に投げ渡していた細かなささくれだった。

どうせ伸は健聴者で、聴こえないという辛さは絶対に分かってもらえないのだから、少しくらい当たっても許される。無意識にそう思っていた自分に伸から同じささくれを返された。

返されて初めて、自分が伸に今まで何をしていたのか知る。

ひとみにとって、両親が揃《そろ》っていて重たいくらいの愛情を注いでくれるのは当然のことだった。

両親が揃っていて愛情を注いでくれるということは、ひとみにとってはあまりにも当たり前のことで、たまたま早く両親を亡《な》くす気の毒な人がいるということは理屈のうえでは知っていても、それは単なる知識でしかなかった。「ああ、お気の毒に」と反射でお悔やみを述べる程度の。

それも伸のように父親が生きているのに自分の存在だけ忘れたなどということは、完全に理解の範疇《はんちゅう》を越える。

伸が本当の意味で「聞こえない」ということを理解できないように。

聴覚障害者にしか聴覚障害の悩みや辛さは分からない。だから分かり合うことなどできないと思っていた。

だが、他人に理解できない辛さを抱えていることは健聴者も変わらないのだ。その辛さの種類がそれぞれ違うだけで。

聞こえるのだから自分たちより悩みは軽いに決まっているなんて、それこそハンデのある者の驕《おご》りでしかなかったのだ。伸のように、健常な聴覚とコミュニケーションの手段を持っていても、他人に痛みを晒《さら》そうとしない者だっているのだ。

そんなことにも思い至らず、伸の気遣いのズレ方にキリキリ苛立《いらだ》っては責め立て、伸が今まで呆《あき》れてひとみから離れて行かなかったのは奇跡のようだ。

痛みにも悩みにも貴賤《きせん》はない。周りにどれだけ陳腐に見えようと、苦しむ本人にはそれが世界で一番重大な悩みだ。救急車で病院に担《かつ》ぎ込まれるような重病人が近くにいても、自分が指を切ったことが一番痛くて辛い、それが人間だ。

ひとみが障害者枠で手堅い会社に就職できたにも拘《かか》わらず、同僚の女子にイジメを受けていることがともすれば「聞こえ」がないということを差し置いて苦痛の一番目に来るように。

それはもちろん「聞こえ」さえすればそんなトラブルに遭わなかったという恨みもあるのだが、「聞こえ」があったからと言って本当に会社生活が巧くいったかどうかなんて分からない。

ここまでが比較的公正な反省と悩みだ。

そしてここから先は、感情がドロドロになる。

この前、会社の女の子に言われました。彼女が向坂くんに突っかかってくるのは、俺に甘えてるんちゃうかって。もしそうやったら受け止めきれんでごめん。張り合うみたいに自分のトラウマぶつけたりとか、意地が悪かったたな、俺。

前々回だかのメールである。

伸には会社で自分のことを相談できるような女性の友達がいるのだ——と思った。それは気がついてみればごく当たり前の話だったが、今までそれをまったく想像していなかった自分の能天気さに呆れる。

それはきっとひとみと違って健聴の女性で、伸がそんな微妙な相談を打ち明けたくなるほど器の大きい魅力的な女性なのだ。

そして伸の周囲にそんな人が一人しかいないなんてそんな保証はない。

伸はひとみとは違う。本人さえその気になればきっと選択の余地はいくらでもあるのだ。

伸みたいに機転の利《き》く魅力的な男性が、出会ったときから変わらず自分のことだけ見てくれるなんて、一体何の根拠があって思い込んでいたのか。

障害のことを盾にして伸に生《き》のままの自分をぶつけるだけで、好きになってもらう努力なんかしたことがあっただろうか。

どんな子供向けの少女漫画でも「こんな私のこと彼が振り向いてくれる筈《はず》がない」と幼いヒロインは悩んで自分なりの努力を一生懸命するのに。

思い出の本が同じだった、ひとみの遣う言葉や理屈が伸の琴線に触れた、結果的に伸のほうから好きになってくれた。その幸運な偶然に寄りかかって、ひとみのほうは伸に好きでいてもらうための努力など何もしなかったのだ。

行き違って苛立つたびに、「どうせこの人も健聴者だから分かってくれやしない」とふて腐れて殻に閉じこもるばかりだった。

どうしてこんな私のことを好きなんて言えるの。こんな私のどこが好きなの。――私なら、同情じゃなかったらとっくに離れてるのに。

そんないじましいことを思う反面、何で自分のことを知らないほかの女の人に相談したりするのかと僻《ひが》んだりもしているのだ。

私のことを知らない誰かに相談したりしないで。それも健聴の人に。耳が聞こえる人同士で私のことを話したって「難聴の人は神経質で理解が難しい」って結論になるだけなんでしょう、どうせ。

深入りしないほうがいいよ。聴覚障害の人なんて面倒くさいよ。もしひとみが相談を受けた側でもそう言う。だって自分自身が面倒くさい。僻みが強いくせにプライドも高くて。

それでも、伸に見限られたくはないのだ。会えばあれだけ細かなことで突っかかるくせに。その突っかかる瞬間は伸の負荷を考える余裕もないくせに。

あげく伸に不本意だった昔の傷を吐露させて、それをフォローもできない。「普通やったらもう縁が切れてるで」と言われるような敵前逃亡だ。

気遣われることは当たり前だったくせに、気遣うことをろくに知らない自分という人間を思い知った。

それを耳のことで僻んでいると思わないでほしい、というのはワガママだろうか。昔から静かに意固地でこじれるとしつこいのは性格だったし、聴覚障害のために余計それが頑《かたく》なになった側面はあるとしても、もともとの性格が面倒くさいということは伸には分かってほしかった。

きっとその相談相手の女性が言ったであろう「障害のある人は難しいからね」だけではなくて、自分が偏屈なただの小娘でもあることを分かってほしい。自分の性格の問題を全部障害のせいにされるのは嫌だった。

「うそばっかり」

ひとみは送ったばかりのメールをぼんやり眺めて呟《つぶや》いた。

冷静さを装《よそお》って、分かったような理屈を言って、心の中は動揺の嵐《あらし》だ。

……もし、
伸がひとみのことを相談しているうちにその女性に魅《ひ》かれたら――その女性が実は

伸のことを好きだったら。

恋愛相談から始まる恋愛など定番中の定番だし、意中の人にそんな相談を持ちかけられるなんて、横からかっさらうチャンスはごろごろ転がっている。

頭の中で浅ましい妄想が肥大して、顔も知らないその女性に醜い嫉妬《しっと》が沸き上がる。

伸さんに近寄らないで、あなたはどうせ耳が聞こえて誰とでも自由に付き合えるんでしょう。私には伸さんしかいないのに。耳が聞こえなくて性格まで面倒くさい私を好きだなんて言ってくれる人は伸さんのほかにいないのに。


だったらもっと大事にすればいいのに。

嫌われないようにかわいげのある女になればいいのに。


ごく当たり前のツッコミが頭の中で入る。それに逆ギレるのもやっぱり自分だ。

仕方ないじゃない、私ハンデがあって性格もめんどくさくて、普通の女の子みたいにかわいくいられないんだもの。

結局、伸の相談に乗った女性が伸の好みのタイプじゃありませんようにと後ろ向きな願いをかけるしかなかった。

＊

「向坂くーん」

顔なじみになったと認識されたのか、ミサコには行き会う度に声をかけられるようになった。

「彼女その後どう？」

壊れたらそれに乗じて付け入るから教えてね、と冗談なのか本気なのか分からない口調で毎回そんな軽口を叩《たた》く。言いつつ同じ部署でそこそこ人気の男を摑まえているのだから、どこまで本気かは謎《なぞ》だ。

多分、ミサコにとっても伸行は珍しく恋愛絡《がら》みじゃない気楽な男友達なのだろう。

「いきなりブログのトップが消えててぎょっとしたけどな。こっちがメール出したら短かったけど返事くれたし、切られたわけやないと思う」

考えた結果として「もう会わないことにしましょう」というのは、ひとみの頑なな性格からしてあり得ないことではないが、それは誰かに言うと本当になりそうなので胸に秘めておく。

「どうして俺あんなややこしい子が好きなんかなぁ」

ひとみから返事のお預けはそろそろ一ヶ月にも及ぶ。それまでがラリーだった分、その空いた時間は苦痛に長かった。

「正直、めんどくさいなぁって思うこといっぱいあるしな。何でこんなことで怒るん、とか、こんなことで機嫌悪くならんでもええやん、とか。付き合っても多分、ずっとそんなんなんやろなぁ俺ら」

それでもそれはひとみが障害を持っているせいだとは思わないようになった。

ミサコみたいに分かりやすく「カワイイ」を演じてくれる女の子と付き合う訳ではない以上、誰と付き合ってもそんな細かい喧嘩《けんか》や揉《も》め事は必ずあるのだ。

ひとみは中途失聴にならなくてもきっと面倒くさい性格だった。

「だからあたしにしとけばいいのにー」

「俺よりええ男摑まえてるやん、何言うてんの」

「お互い顔と体が気に入ってるだけだもん。向坂くんなら乗り替えるってば」

唇を尖《とが》らせたミサコの表情は冗談で流すには真顔に過ぎた。

「あたし、カワイコぶるのモットーだったから、大体のことは笑って許してもらえるキャラだったんだよねー。あんなふうにちゃんと叱《しか》られたの向坂くんが初めてだったの。最初ショックだったけど、それからどんどん胸キュンになってきたって言ったら笑う？」

カワイコぶるのがモットーと自分で言うだけあって、確かにそんなことを吐き出すミサコはかわいかった。

やばい待って、カワイイてマジで。こういうタイプと付き合ったことはなかったが、付き合うとそれなりに楽しいだろうなということもかなりリアルに想像がついた。

だが同時に想像がつくこともある。

「ごめん、君と付き合《お》うたら多分楽しいと思うし、カワイイと思うけど」

伸行にしては珍しく焦《あせ》りながらの言い訳だ。それだけ揺らいだ証拠でもある。

「ホンマに付き合ったら俺たぶんすぐ飽きると思う。ミサコさんまわりくどい話とかめんどくさい話キライやろ？　俺、そういうのめっちゃ好きやねん」

ひとみとのメールが楽しかったのは、打って響くようなあのやり取りだ。

実際に会うと負荷で会話が噛《か》み合わなくなってしまうが、噛み合わなくなるまではやはり楽しいのだ。

自分と似ていて少し違う言葉と考え方が。自分がこう打つ手を彼女ならどう打つのだろうと待ち受ける感覚が。

「今までの彼女にも百発百中『理屈っぽい』で振られてるし。ミサコさんもそうなるで。俺のほうも女の子が話題についてきてくれへんかったら、もうええわってなってしまうし」

なぁんだ、とミサコはつまらなさそうに呟いた。

「結局そのめんどくさい彼女のこと好きなんじゃやない」

つまんないからもう口説いてあげない。ミサコはいたずらっぽく笑って立ち去った。いっそ凜《りん》とした後ろ姿である。伊達《だて》に恋愛偏差値が高くない。

……彼女が、

ミサコを見送りながら、まるで祈るように口の中でひとみのことを呟く。

早くあの国をもう一度開いて言葉を自由に綴《つづ》ってくれますように。

俺は君が自由に綴るあの言葉がとても好きです。

フォントで君が綴る言葉をもう一度俺に読ませてください。いろんなツールで君が使いこなすフォントが君の声で、その声を俺は待ってるから。

どうしてひとみの言葉がこれほど好きなのか分かった。

彼女は――彼女たちは、耳が不自由な分だけ、言葉をとても大事にしているのだ。第一言語として自分たちに遺《のこ》された言葉を。その言葉を大事に使って、真摯《しんし》に理屈を組み立てる。

だから伸行はひとみの言葉に魅かれるのだ。あれほど真摯に使われる言葉はまたとないからだ。自分と似ていて少し違う心地よさ――それは、ひとみが言葉の限りある愛《いと》おしさを知っているからだ。

その言葉で大切な思い出の本を語られたら、魅かれない奴《やつ》はいないだろう。

その声さえ聞かせてくれたら、もう俺は君に振り向いて欲しいなんて考えません。
君と付き合えないとしても、思い出の本について語れたあの始まりからの日々には意味があるので、
俺はそれで充分です。

5
歓喜の国

北のほうではそろそろ初雪が観測されたという。

ひとみは季節が変わるまでは待たせないという約束はギリギリで守ったことになる。

諦《あきら》めることも視野に入れて待っていたつもりだったが、久しぶりのアドレスを見て心が弾んだ。タイトルも無難なものだったからかもしれない。

＊

Title：お久しぶりです

長らくお待たせしててすみません。まだ覚えてくださっているでしょうか。

ずっと悩んでいたのですが、髪を切ろうと思います。

自分のいいところは結局見つけてあげられなかったのですが、取《と》り敢《あ》えず変われるところから変わりたいと思います。

伸さんの言うとおり、美容院に行くのが恐《こわ》くて母に裾《すそ》だけ揃《そろ》えてもらって伸ばしっぱなしの垢《あか》抜《ぬ》けない長い髪は、補聴器を隠すためのものでした。

美容院は注文しないといけないし、美容師さんに後ろから話しかけられると私たちにはとても聞き取りにくいのです。

補聴器を隠すことで少しでも健聴の社会に紛れようとしていたのです。でもいくら補聴器を隠しても結局嫌なことはたくさんあったし、それなら補聴器を見せて周囲の人に気づいてもらったほうが楽だ、という伸さんの話を納得できるようになりました。

先日突き飛ばされたことにしても、もし私の髪が短くて後ろから補聴器がちゃんと見えていたら、あのカップルは私を突き飛ばしてまで追い抜こうとはしなかったかもしれません。障害のある私にひどいことをしたことが分かってバツが悪くて謝れなくなったのかもしれません。

希望的観測かもしれないけど、もしそうだったらいいなぁくらいには思えるようになりました。

だから、もし伸さんが私を見限ってなくて、まだ私と会ってくださるのなら、一緒に美容院に行ってもらえませんか？　伸さんの親戚《しんせき》がやっているとお話されていたあのお店に。

私は美容師さんとはうまく喋《しゃべ》れないかもしれないので、フォローもお願いできたらと思います。

私が伸さんの言うように変われるなら変わってみたいんです。伸さんの説明が冷静でおかしくなってしまったのもあります。

「すごい美人になるとは言わん、でも今よりは絶対カワイクなる」でしたっけ？

私も聴覚障害者ではありますが同時に年頃の女性でもあるので、今より少しマシになれるものならなりたいです。補聴器を見せることを視覚障害の方の白い杖《つえ》のように周囲に分かりやすくアピールできるなら、それも生活の上で楽になりそうだし。

何より、伸さんに「垢抜けない」「やぼったい」と言われたのは堪《こた》えました。もう少しマシになれるならそれはぜひともリベンジしたいです。

まだこんな面倒くさい私に付き合ってくださるなら、ぜひよろしくお願いします。

ひとみ

改めてひとみから「垢抜けない」「やぼったい」という言葉を投げ返されてみると、女性に対して放ったデリカシーのない台詞《せりふ》に自分でへこんだ。

しかし、ひとみはこの一ヶ月を悩んでくれていたのだ。伸行が提案した「補聴器が見えるように髪を切るかどうか」について。

仲行を切る準備などしていたのではなく。

補聴器を髪に隠すことはひとみにとって「聞こえることが前提である世間に対する偽装」で、仲行は思いつきのままその偽装を捨てろと提案した。

せっかくもっとかわいくなるのに、補聴器が見えたほうが周囲にも障害をアピールできて安全なのに。その程度の考えだった。障害をアピールしたくないひとみの心境を慮《おもんぱか》れていたとは言えない。

それでもひとみは仲行のその思いつきを一月《ひとつき》も悩んでくれていたのだ。それだけで待たされた時間はチャラだ。

どれだけささくれても傷つけ合っても、ひとみは仲行の思いつきの提案をこれほど真摯《しんし》に受け止めてくれるのだ。

かわいいことに心血を注いでくれるミサコみたいな女の子と付き合ったら、きっと楽しいだろう。でも仲行の言葉のひとつひとつをこれほど考え込んでくれるひとみはきっと格別だ。

彼女と付き合えないとしても、とそこはもう諦めていたはずなのに、こんな真摯さを見せられると途端に惜しくなる。

Title：喜んで！

ひとみさんの気持ちも考えんと勝手な提案したのに、一生懸命考えてくれて本当にありがとう。

正直、あのときの俺にはひとみさんが世間に耳のことを隠したい気持ちはあんまり分かっていませんでした。

隠しても隠さんでも変わらんのやったら隠す意味ないやん、というのが一つ目で、せっかくもっと垢抜けられるんやからもったいないやん、というのが二つ目。

本当に単なる思いつきで、自分が合理的なことを思いついたと鼻にかけていた部分さえあります。

それなのにこんなに悩んでくれて何だか申し訳ないようです。

でも、そんな俺の提案をそこまで考え抜いて受け入れてくれたんやったら、全力でそれに協力します。

俺の叔母は上京して女の細腕ひとつで二号店まで出したほど腕のいい美容師です。理容の資格も持ってるから顔の処理もできるっていうのは言ったよな。

オーダーは俺が全部通訳するし、ひとみさんの希望も全部伝える。耳が悪いから、どんな些細《ささい》なことも本人じゃなくて俺に訊《き》くようにさせるよ。途中で話すの慣れたら直接話すこともあるかもしれんけど、そこは柔軟に行こう。

ただ、うちの叔母はやっぱり西の出身で言葉が悪いというか、悪気なくきついことしれっと言うかもしれんけど、それは気にせんといたって。いい加減おばはんやからその辺はもう言うても直らんねん。悪気はないからそれは信じたって。

そこさえ我慢してくれたら、見違えるような君にしてくれるのは俺が保証するから。

君の耳が悪くなってから初めて行く美容院で嫌な思いをしないように、できる限りのフォローをします。健聴の人かて美容師と話すのが苦手な人いっぱいおるし、口数少ない美容師探してジプシーする人もおるしね。一般の人でもそんな些細な世間話が苦手な人はいっぱいおるし、ひとみさんが美容院苦手になったのもすごい普通のことやで。あんまり思い詰めて考えなや。俺かて身内の店以外にはなかなか飛び込みではよう行かんくらいやし。

それじゃあ、ひとみさんの都合のいい日をまた教えてください。予約を適当に調整しておきます。

伸

雨の日では髪が膨らんだり萎《しぼ》んだりで仕上がりが安定しないので、週間天気予報を調べて湿度の低い晴れの日を選んだ。

＊

もし時間があったら髪に合う服も見に行こう。と、これは伸行からの提案だ。

今までひとみは母親の見立てなのか長い髪に無難に合うキレイ系の服装ばかりで、足元も華奢《きゃしゃ》なパンプスが多く、伸行にとっては危なっかしいことこのうえなかった。耳から入る情報が少ない分、とっさの動きを機敏にできるカジュアルは試してほしいところである。特に踵《かかと》の低い靴は。

叔母が常駐しているのは吉祥寺《きちじょうじ》の一号店で、あまり混まない朝イチで予約を頼んだ。

約束の時間にひとみを連れて行くと、叔母は意味ありげな笑いで二人を迎えた。

そしてひとみにざっくばらんに声をかける。

「あんまり気ィ遣わんでええからね、伸行からように頼まれとうから。あんたみたいな育ちの良さそうな子ぉあんまりいらったことないけど、今よりは垢抜けさせたるわ。安心しぃ」

「叔母さん！」

伸行は思わず声をきつくした。どうしてこうまでここぞというときの言葉の選択が似るのか、うちの一族は。しかも揃いも揃って地声がでかいと来ている。

女性に垢抜けさせてやるとかまるで今まったく垢抜けていないかのように、と身内の口から聞くと自分の言葉のデリカシーのなさがよく分かる。

ひとみは幸い気を悪くしたふうもなく笑ってくれた。叔母のでかい声で聞き取れたのか空気で読めたのか。

「伸さんだって言ったじゃないですか、垢抜けなくてやぼったいって。叔母さんだけ責めても駄目ですよ」

「ほら見てみぃ、彼女のほうが道理やがな。自分だけ取り繕おうったってあかん」

このまま放っておいたら電話で予約を頼んだときに「ちょっと素材が生かせてない子ぉなんやけど何とかしたって」などと注文をつけたこともバラされそうだ。

シャンプーを済ませてからカット台へつき、伸行もそれに付き添った。

「どれくらいの長さにする？」

女にしては声が太い叔母の質問はひとみにも聞こえたらしいが、ひとみは不安そうに伸行を見上げた。

「どれくらいがいいと思いますか？」

「思い切って短いほうが似合うと思うで、ひとみさん髪質重いし髪色も黒いし、長いとぼったり見えんねん。短く軽めに剥《す》いたほうが見た目も若くなってええと思うんやけど……どうやろ」

と、ここから先はプロの意見を仰ぐ。叔母はにっこり笑って「さすがに義兄《にい》さんと姉さんの子やな、あんたは」と嬉《うれ》しいお墨付きだが、何であんたは理容師にならへんかったと今さらの愚痴もついてくるのでやや重たい。

切れ味のいい鋏《はさみ》がジョキジョキと容赦なくひとみの真っ黒な髪を切っていく。親族に美容師や理容師が多かった向坂一族では、ガキがイタズラでもしようものなら土間に吹っ飛ぶほど殴られた商売道具だ。叔母のそれも切れ味は素晴らしい。噂《うわさ》によると伸行の亡《な》くなった父は、勤め人の月収以上の鋏を持っていたという。

それだけの道具を躊躇《ちゅうちょ》なく使いこなすのはそれだけ職人としての腕前が確かということなのだが、遠慮なしにザクザクと髪に鋏が入ることがひとみには不安なようで、鏡の中の顔が強《こわ》ばっていく。ちらちら足元を窺《うかが》うのは、取り返しのつかない切られた髪を気にしているのだろう。

それはひとみの補聴器を世間から隠していたカーテンでもあったのだ。

「大丈夫。よう似合うてきてるで」

伸行がそう声をかけると、強がってだろうが「仕上がりが楽しみです」とひとみも答えた。床に散らばった髪から思いを振り切るように。

一度シャンプーをして髪を流し、叔母は仕上げの鋏に持ち替えた。もう全体の印象はだいぶん変わっている。そしてそれはひとみも満更ではないようだった。

「あの、前髪こんなふうになるといいな」

などと、カット台に置いてあるヘアカタログをめくって注文をつけるまでになっていた。叔母からの確認には聴覚が及ばないようだが、それは伸行が間に入る。

「さあ、これでどないや？」

言いつつ叔母が服の覆《おお》いを取り払った。鏡で後ろも確認させる。

ひとみの手が反射でだろうが右耳の後ろに行った。そこについている銀色の補聴器は、少なくともそこに何か器具をつけているということが分かる程度には露《あらわ》になっていた。

補聴器のことには敢えて触れず、伸行は「似合うてるよ」とだけ鏡に向けて囁《ささや》いた。

ひとみはしばらく手鏡で見える髪の後ろを眺め、それから小さな声で呟《つぶや》いた。

「……気に入ると思います、たぶん」

微妙な言い方は、髪を偽装に使った年月が長すぎたのだろう。

叔母が鍬を定位置に置いてから肩を回し、仕事の後の凝りをほぐす。

「随分垢《あか》抜《ぬ》けたでえ、叔母ちゃんもう振るう腕が残ってないくらい振るったからな。二の腕痩《や》せてしもうたわ」

早口の軽口は聞こえにくかったらしく伸行が通訳したが、こういう下らない関西のおばちゃんギャグを通訳するのはかなり恥ずかしい。ひとみが笑ってくれたのだけが救いだ。

「どうする、顔もやっとくか？　サービスしとくで」

叔母も自分の成果に気をよくしたのか、いつもはしわいのに大盤振る舞いである。

「顔も剃《そ》ったろかって。腕は確かやし、眉《まゆ》もキレイに作ってくれるで」

だが、ひとみは困ったように伸行に小さな声で囁いた。

「あの、くすぐったくないですか？　私けっこうくすぐったがりで」

ひとみは内緒で話したつもりらしいが、叔母が横から口を出した。

「笑わはる人もけっこういてるから気にせんでええで。できるだけくすぐっとうないようにしたる。笑うたら危ないときは言うから、そんときだけぎゅーって手ぇ握って我慢しとき」

言いつつ叔母はひとみの返事を聞く前に理容コーナーとして保健所に登録しているカット台の区画にひとみを連行した。ひとみが慌《あわ》てたように台に乗ると、台が後ろに倒された。

また伸行の月給分くらいでは話にならないような恐ろしい剃刀《かみそり》が登場して、叔母がひとみの顔に人肌に温めてあるシェービングクリームを載せていく。それだけで猫のくしゃみのような悲鳴を上げたひとみは、確かにくすぐったがりらしい。

「伸行、彼女に手ぇ貸したり。くすぐったかったら爪《つめ》立てたったらええわ、どうせ男のごっつい手ぇなんかそれくらいしか用に立たへんねやから」

叔母の指示もひとみがそこまでくすぐったがることが計算違いだったかららしい。ともあれひとみを今より垢抜けさせることに使命感を見出《みいだ》してしまったようだ。

「ええか、眉は絶対抜いたらあかんでぇ。長い目で見たら巧《うま》い床屋に剃ってもろうたほうが絶対ええ。それもヘタな床屋には絶対いらわせなや」

「あの、いらわすって」

かなり笑いをこらえているらしいひとみに、伸行から「いじらせるとか触らせるってこと」と通訳を入れた。今度は叔母が後ろからではなく上から喋《しゃべ》っているので内容はかなり聞き取れているらしい。

「叔母ちゃんとこに通ってきてた女の子がな、うちが休みやったときよそで眉やってもろうたらしいんよ。うちみたいに理容も売りにしてるとこや。これがまあボロクソでなぁ。眉もすぐは伸びてけぇへんし、元の状態に直したるまで半年からかかったわ。あんたも私が作った眉の通りにできるだけ剃って、手に負えんなったら半端《はんぱ》なとこに行かんと、うちにちゃんと眉作りにおいで。肌も赤ちゃんみたいにつるつるにしたるからな。女の顔いらわせたらうちより巧いとこなんかそうはないねんから」

ハイと答えるひとみの声はかなり苦しげで、内容は半分も頭に入っていないのではないかと思われた。代わりに伸行の手に爪痕《つめあと》がいくつも増える。

ていうかやばいってこれ、と伸行は思わずよそに目を逸《そ》らした。

くすぐったがりだというのは聞いた、だが声をこらえて自分の手に爪痕を作られると、妙な気分になる。たまにこらえきれずに漏れる声も変に色っぽい。こらえている表情も見ると余計にだ。

もういっそのこと全開でゲラゲラ笑ってや、と言いたいところだが、妙齢の女性としてはそうもいくまい。

「ほい、こっからは笑うてええで」

叔母さんが言った途端にひとみがキャーッと悲鳴を上げるように爆笑した。顔剃りが終わってマッサージに入ったらしい。

「顎《あご》をな、あんまり食いしばっとったらあかんで。顔がその形で固まってしまうからな。眉間《みけん》も皺《しわ》ばっかり寄せたらあかん。女は笑いジワついてても愛嬌《あいきょう》やけど、苦しいシワや辛《つら》いシワは痛ましなって残ってしまうからな」

「は、はいィっ!」

これもどこまで話が聞こえているかは謎《なぞ》だ。

最後のマッサージでボロボロになったらしいひとみは、ふらふらしながらカット台を降りて「ありがとうございました」と頭を下げた。

もう短くなった髪を気にする余裕はなくなったらしい。

「色も黒が飽きたらまたおいで、キレイに似合う色入れたるわ」

会計をしながら叔母がそう言うと、ひとみも「その気になったらお願いします」とぺこりと頭を下げた。

ええ子やな、と見送るとき叔母が小さな声で言った。伸行が逆立ちしても敵《かな》わない人生経験を持つ叔母が、ひとみのどの辺を見てそう判断したかは分からない。

まあ巧くいくかどうかは分からんけどな、と甥《おい》をまったく励まさない非情な性格も叔母らしいことではあった。

＊

「おかしくないですか？」

歩きながらひとみは何度も髪の後ろを引っ張った。

「似合うてるし、かわいいよ」

実際は後ろから見えている補聴器が気になって仕方ないのだろう。気にするなとは言っても仕方がないので、かわいいとしか言わなかった。実際、素人《しろうと》が見様見真似《みようみまね》で揃《そろ》えた伸ばしっぱなしの長い髪より、叔母のセンスで切ったショートのほうがずっとかわいい。

「手入れもあんまり要らんようにって注文したから、寝癖もつきにくいように切ってくれてるはずやで」

「あ、それ助かります。朝弱くって」

「ああ、そうなん？　意外。規則正しい生活してそうなイメージやったわ」

お母さんに、と言いかけたひとみが慌てて「母に」と言い直した。

「起こしてもらわないと起きられない習慣がついちゃって」

障害を持ってから両親に甘やかされている生活と、それを少し引け目に思っている性格が垣間見《かいまみ》えた。

「服とか今まで誰が買ってたん？」

「それも母が適当に見繕ってくれてて。自分では通販くらいなんだけど、サイズとか色柄とか失敗が多くて。でも、お店に行くと店員さんが話しかけてくるでしょう？　それが嫌で」

ショッピングでいちいち自分の障害のことなど説明したくないという気持ちはよく分かる。そうでなくとも障害のことを隠したがっていたひとみだ。

「ひとみさん、気が弱そうに見えるからな。売りつけられると思った客には張り付くからなぁ、ああいうのは」

でも、と質問してみる。

「今まで微妙に服がフェミニンやったのはお母さんの趣味やってんな」

「自分の趣味とか分からないから……自分でうまく買い物できないし」

「今日は店員来ても俺があしらうから買い物行ってみようや。ジーンズとかパンツ系試してみぃひん？」

正確には踵《かかと》の低い靴を試させたいのだが、露骨に言うと微妙な地雷になりそうだ。

「せっかく髪も短くしたんやし、イメージもそれに合わせて変えてみようや」

「ええ、お金もちょっと多めに持ってきてますし」

ということは、買い物もしてみようという伸行の提案を前向きに受け止めてくれていたということで、それは素直に嬉しかった。


店員が近づいてくることがひとみにとっては恐怖だということは、買い物を始めてすぐに分かった。BGMや人の話し声でざわついた店内でいきなり話しかけられてもひとみには相手の言葉がほとんど聞き取れず、習慣で口元をまじまじ見つめて相手に怪訝《けげん》な顔をされるか「一人で見たいので」と突っぱねるしかないのである。

今日は突っぱねさせる代わりに伸行が間に入った。ひとみの気に入ったアイテムでまずは伸行と似合う似合わないの話を楽しみ、伸行が着回しを店員に聞き出す。

ひとみもしつこく話しかけてくる店員に「すみません、私コレなので」と補聴器を示して撃退するまでに成長した。やるなぁと伸行が舌を巻くと、ひとみも「補聴器を見せると楽なこともありますね」と笑った。

着回しの利《き》く服をいくつか揃えて買い、踵の低い靴も二足ほど見繕ったので、伸行としては狙《ねら》った通りの成果だ。ひとみは帰り際《ぎわ》に、

「次は今日買った服を着てきますね」

と弾んだ声を出した。

ああ、次あるんや。口に出すと厭味《いやみ》かもしれないので内心で胸をなで下ろす。

朝とは見違えるほど垢抜けたひとみを最寄りの駅まで送り、彼女が次を言い出してくるのはいつかなと弾んだ気持ちで自分の最寄り駅へ向かった。

＊

ひとみの「次」は意外と早くて、二週間後の週末だった。

口実は「おいしいお粥屋《かゆや》さん」。

伸さん一人暮らしだし、食生活も乱れてそうだから、たまには胃に優しいものとかいいかなって。まるで彼女に気遣われているようで悪くはなかった。

実際、最近は晩飯を考えるのが面倒くさくてコンビニのデザートシリーズをつまむだけになってしまっていたりもする。

薄曇りになったその土曜日、待ち合わせの駅に現れたひとみは約束どおり上から下まで先日買った服を着てきた。

きっと似合うと思っていた服がビンゴで似合うと男として見立て勝ちした気分だ。

だが、一瞬見とれて反応が鈍ったのでひとみは不安になったらしい。

「……似合いませんか」

不安な声を関西特有のノリで弾《はじ》く。

「似合わんわけないいやんか、俺が見立てたのに。似合いすぎて見とれてただけ」

またそんなこと、とひとみは笑ったので一応フォローは成功だ。

「髪も落ち着いてきたな」

「え、切り立ては駄目でしたか？」

「いや、そうじゃないよ。髪って大体、切って二週間くらいで自分も周りも見慣れてくるもんやねん。植木の剪定《せんてい》とかと一緒」

やや時代遅れ風（ここがミソというか弱点だった）のフェミニン路線から一転して活動的なカジュアル路線へ。イメージ戦略がバッチリはまって嬉《うれ》しくなる。

そんでそこのお粥屋さんってどこ？　と伸行は話題を変えた。

「正直、お粥ってそれほど好きちゃうねんけど、そんなにおいしいの？」

駅の構内に入ると聞き取りに難が出てきたらしい。ひとみが困ったように顔を近くに寄せてくる。

伸行は携帯を出してメール作成画面でメールでの台詞《せりふ》の組み立てに切り替えた。

『正直、お粥ってそんなおいしいもんやと思ってなかったんやけど、そんなにおいしいの？』

ひとみも我が意を得たりとばかりに携帯を出して対応してきた。

『伸さん風邪のときの白粥しか食べたことないでしょう。そこのはホントにおいしいから。私もお粥なんてあんまりおいしいと思ってなかったけど、そこの食べて認識が変わったもの。要するに日本人の口に一番合うリゾットですよ』

『そのリゾットいうのが既に分かれへん（笑）』

口に出して喋れたらきっと普通のカップルの世間話だ。そのことに少し浮かれた。

中央線で何駅か移動するというのでひとみに微妙に先導してもらう。何かあったらすぐ腕を掴《つか》めるポジションは確保していて、ひとみの動きがいつもより大胆になっているのはそれに気づいているかららしい。

『あの……』

電車待ちの間にひとみが何度か躊躇《ちゅうちょ》しながらそんな言葉を打った。

『何？』と訊《き》き返すと『何でもありません』。『何でもなくないやろ、気になるわ』と押すと『後で』と話題を畳まれてしまった。

車輛《しゃりょう》の中でも携帯の使える場所を選んで乗って、乗車中も携帯で会話を楽しむ。

何で隣同士なのに携帯を付き合わせているのかと不思議そうな連中もたまにいたが、ひとみの耳を見ると概《おおむ》ね納得しているようで目を逸らす。

『お母さんとかびっくりしてなかった？　急に髪切ったり服装変えたり』

『びっくりしてたけど、似合うって言ってくれました。いつまでもお母さんがお洋服買ってくるわけにも行かないものねって。買い物に付き合ってくれた人のことは微妙に気にしてたけど。男の人に付き合ってもらったって言ったから』

『うわ、お父さん大変やったんちゃう？』

『ちょっと動揺してたみたいですね』

書きつつひとみも笑った。そのタイミングで降りる駅に着いたので、ひとみは名残惜しそうに携帯を畳んで出口のほうへ流れた。

ひとみの案内した店は、旬《しゅん》の素材を生かし「お粥のおいしさ」を発見させるような店だった。付け合わせや汁物も素朴な味で、日頃の添加物で荒れた舌には染《し》み入った。

「うわ、お粥って旨《うま》かってんなぁ」

「でしょう？」

静かな店なのので話ができるのもありがたい。

「何か久しぶりに人間の食い物食った感じがする。あかんな、三食コンビニじゃ」

駄目ですよ、とひとみが目を三角にした。

「誰か作ってくれる人とかいないんですか？」

少し探るような声に聞こえたのは穿《うが》ちすぎだろうか。

「たまにこないだの叔母さんのとこに寄せてもらうけど、そうそう世話になられへんからなぁ」

もしよかったら私ときどき作りに行きましょうか？　なんて——そんな都合のええ展開にはならへんわなぁ、と自分の想像に自分で苦笑。

「私、自然食のお店とか探しとくからたまに一緒に食べに行きましょうか」

まあここら辺が限界だろう。というかこの提案が出て来たことが既に奇跡的だ。

「そやな、頼むわ」

「あの、ホントは作りに行きましょうかとか言えたら女の子らしくていいかな、とか思うんですけど、その……」

その決まりの悪そうな言い訳で、家事全般があまり得意でないことは知れた。その正直な申告に逆に笑ってしまう。

「ええよ、人間無理はせんのが一番やしな」

それより、と今度はこっちから引っかけてみる。

「家事に自信があったら飯作りに来てくれる気はあったん？」

その引っかけは、聞こえない様子で流された。相手がひとみではフェイクか本当か区別がつかない。

ずるいよなぁそれは、と残ったお粥をかき込みながら伸行は独りごちた。

ウィンドウショッピングやお茶で時間を潰《つぶ》しながら、あっという間に夕方が来た。

じゃあそろそろ、という頃合いで、伸行もとっくに忘れていた話がひとみから来た。

『後で』とごまかされていたアレである。

駅の構内の隅っこで、定期を出そうとしていたひとみが急に伸行を振り向いた。

「私、少しは垢抜《あかぬ》けましたか？」

急に訊かれて面食らう。自分からあまりそうした発言を要求するキャラではない。

「かわいくなったよ。前もそう悪くはなかったけど、素材が使えてなかったもんな」

「伸さんが私のこと相談した会社の女の子と比べて、どうですか？」

――くそ。訊きたかったのはこれか。

伸行にとっては何の気なしの話だった。会社の女の子にひとみのことを相談した、単に事実を話題として話しただけだ。

ひとみはそれをずっと気にしていたのだ、と察した瞬間抱きしめたくなった。

それが嫉妬《しっと》だとしたら、そしてそれが『レインツリーの国』を一ヶ月も閉めて悩むほどのものだとしたら、一体なんて彼女はかわいいんだろう。

まっすぐ見つめて待つひとみに、伸行も一歩近づいた。ひとみの聞こえる間合いはもう大体覚えている、ひとみと話したくて覚えたのだ。

「その子は、自分がカワイイってことに最大の価値を見出《みいだ》してる子で、カワイイだけならそこらの女の子は誰も敵《かな》わへんよ」

予想していたのかがっかりした顔になったひとみに、伸行は更に続けた。

「俺、冗談か本気かその子に告白されたんやけど、好きな子がおるからって断った。めんどくさい子やけど、その子の言葉や理屈が好きで、やっぱりその子を諦《あきら》められんから無理やって断った」

「……だったら、そういうことが訊きたいんじゃなくて」

拗《す》ねたようなひとみにようやく思い至る。こういうときはそういう理屈が要るんとちゃうんやな。

「俺にはその子より君のほうがかわいい。だって俺がかわいくしたからな」

「何で最後にちょっと自分の手柄入れるんですか、もう」

「関西人の性や、しゃあないやろ」

なあ、と伸行からひとみの手を繫《つな》ぐ。ひとみは逃げずに預けた。

「君が好きや。今すぐ一生とか約束できんけど、今は君が好きで君と付き合いたい。俺のことが迷惑じゃなかったら、俺と付き合ってもよかったら、君の本名とか連絡先とか誕生日とか、色々教えて」

もう理性で抑えるのが限界で、引き寄せて軽く抱きしめた。軽く、のところにまだ辛うじての理性が残っている。

「君がこないだ『レインツリー』のトップを閉じたとき、心臓が止まるかと思った。俺ら、ネットの上でしか繫がってなかったんやってやっとそのとき思い知った。俺は君の本名も住所も電話も知らんくて、もしも君が今ここで『レインツリー』を消してアドレスも変えて俺の前から消える気になったら、君はホンマに消えてしまうんやって分かって、めちゃくちゃ恐《こわ》かった」

「……私、伸さんの前から消える気なんかなかったですよ」

「そんなん俺に分かるわけないやん。それに実際消えられるって俺は気づいてもうたんや」

そうですね、とひとみも頷《うなず》く。

「伸さんだって、消えようと思ったら消えちゃえるんですよね。私も伸さんの本名や住所なんか知らないし、叔母さんのお店も伸さんが口止めしたらルート止まっちゃうし」

私たち今までものすごく曖昧《あいまい》なところで繋がってたんですね。ひとみはそう言って笑った。

「私もちゃんと伸さんと現実で繋がりたいです。だからちゃんと情報交換しましょう。今日、ここで」

分かった、と伸行はがっつくように財布から会社の名刺を出した。裏にボールペンで自宅住所と電話番号、携帯番号に生年月日、思いつく限りの個人情報を書き付ける。

ひとみは名刺を持ち合わせていないようで、スケジュール帳を一枚破ってやはりプロフィールを書き付けている。

交換してからひとみがへえ、と声を上げた。

「名字は向坂さんって仰《おつしや》るんですね。名前の伸行は聞いたことあるけど」

そして伸行はといえば、ぎょっとして大声になった。

「ええっ――これで『ひとみ』⁉」

きれいな筆致で書かれたひとみの本名は『人見利香』だった。

「分かれへん、これでひとみは分かれへん！」

「でも私も本名からだって言ったでしょう？」

「こう来るとは思わんかったわ」

ブツブツ呟《つぶや》く伸行にひとみが問いかけた。

「名前、これからどうします？　本名に変えますか？」

「や、慣れて何となく変わるまでは今のままでええんちゃう？」

伸行は言いつつ笑った。

「君がつけてくれた『伸』は気に入ってんねん。そこは残しときたいわ」

ひとみが少し顔を赤くして俯《うつむ》いた。「伸さんそういうとこ女ったらしですよね」と責めるような拗ねるような声音は結局照れている。

「ちゃんと繋がったんやから、ネットで始まったこと全部リアルに置き換えることもないやん。『フェアリーゲーム』で始まったこともな」

念願の現実の糸が繋がったが、どちらも構内でだらだら過ごす時間を切り上げようとしなかった。ただ二人で円柱にもたれ、指を絡《から》めるように手を繋いでいた。

何度も高架の上を電車が行きすぎていく。もう夕方の混む時間に差しかかり、混雑は増している。寄り添っていてもひとみには伸行の声はもう聞こえないようだ。

『きりがないよな』

携帯にそれだけ打って見せると、ひとみも名残を惜しむように頷いた。

『きりつけようか』

ここで突き飛ばされたらけっこう情けないなぁ、と思いながら天秤《てんびん》に載せた欲求が勝った。

軽く腰を屈《かが》めてひとみに顔を寄せると、ひとみも目を閉じた。突き飛ばされずに唇は重なった。

他人から見たらただのバカップルだろう。人の往来する大きな駅でこんな。

でもバカップルみたいなことをしたいときだってあるのだし、どうせそんな奴《やつ》らのことなんかみんな家に帰れば忘れるのだから、たまにはこんなことをしたっていい。

何しろ恋が叶《かな》った記念の日なのだ。

『きりがついたから今日は帰ります』

そう打って見せたのはひとみのほうで、続けて打った文章を一瞬見せただけで改札の中に駆け込んだ。

『今度は誰も見てないところがいいです』

人前が恥ずかしかったという主張なのか、伸行を信頼しすぎているのかはまた今度確かめる必要がありそうだった。

叔母の店で、ひとみが笑い声を堪《こら》えて爪《つめ》を立てた手のひらの感触を思い出す。

手に爪を立てられただけで冷静でいられなくなる、ということは白状したらかなり警戒されそうな気がした。

＊

伸と離れた途端に、髪から覗《のぞ》く補聴器が意識された。誰も彼もが補聴器を見ているような気がする。補聴器を耳穴に入れるカナル式ならほとんど分からないのだろうが、ひとみの耳の状態では耳かけ式のフィッティングが最適だ。

今日、多分恋は叶った。でもきっとこの恋はいろいろ難しい。伸もひとみもきっとまだまだここからぶつかる。

聴覚障害の女性が健聴男性と結婚するのは難しい、という残酷な（しかも的確な）データもある。

それでも今は伸と一緒にいたい。手を繋ぐなら伸がいいし、キスをするのもすべて許すのも伸がいい。

たとえこの恋がうまくいかないかもしれなくても。お互い疲れ切って傷つけ合って終わるかもしれなくても。

二人なら乗り越えられると楽観的になれるほど現実が優しくないことも知っているけれど。

暮れて漆黒の鏡になった電車の窓に、髪を短くした自分が映っている。

今までやぼったかったと自分でも自覚できるほどすっきりと垢抜けた。自己主張のできそうなしっかりした感じでもある。長い髪で補聴器を隠すのに必死だった自分は、今にして思えば何て自信のない不安気な顔をしていたのだろう。

世間の悪意は自信のなさそうな者を見抜いて寄ってくるのだ。だとすれば、今まで不安のかたまりのようだったひとみが狙《ねら》い撃たれていたのはある意味当然で、ひとみより世慣れた伸にもそれは分かっていたのだろう。

そんな自分を伸が変えてくれた。そのことは絶対忘れない。

どんなにひどい喧嘩《けんか》をしたとしても、髪なんか切らなければよかったとだけは絶対言わない。

動きやすい踵《かかと》の低い靴も、何かあったときひとみが走って逃げられるようにという願いを伸がかけているのだ。それが分からないほど鈍くはない。

耳を悪くしてからというもの、人並みの幸せは全部諦めて生きていくのだと思っていた。両親が遺《のこ》してくれるすべてを重たくもありがたく受け止めて、好きな人と恋をするなどということは考えの範疇《はんちゅう》にも入らずに。

『レインツリーの国』はそんな自分のために始めたサイトだ。

誰にもハンデを気にすることなく、自分の言葉で自分の思ったことを語って、耳のことで誰に僻《ひが》むでもなく卑屈になるでもなく。

言葉が、コミュニケーションがハンデにならない普通の女の人のように振る舞えるたった一人の国を作ってみたかったのだ。

その国に伸がやってきたことで、ひとみの人生はもしかしたら少し変わった。

神様、と今まで信じてもいなかった何かに少しだけ祈る。

もし私が幸せになっていいのなら、どうかあの人と少しでも長く一緒にいられますように。

どうか、あの人が私を幸せにしてくれたように私もあの人を幸せにできますように。

意固地な私があの人をあまり傷つけずに済みますように。


いつか彼がそんな生活に嫌気が差したら？　自分と結ばれたことを後悔したら？

今の私ならそう思います。そして何よりも。

彼のことを好きであればこそ、自分に関わらなかったら普通の人生を歩めるはずの彼を、自分の終わりのない逃避行に付き合わせる訳にはいかない。


以前書いた『フェアリーゲーム』の感想文を思い出した。障害があることで人よりややこしく、しかも本人の性格もややこしい。そんな女との恋愛に彼を付き合わせていいのか、という思いは今でも確かにある。二十代も半ばを過ぎて、もうお互い道楽で恋ができる年ではない。

けれど今は伸の返事を信じたい。

君一人で決めんなや、二人のことやん、と思います。

一生ビクビクして逃げ回らなあかんって言うけど、そんなん分からんやん。

『フェアリーゲーム』の主人公は、伸の言ったようにいつか未練を思い出にして普通の子と結婚するのだろう。

でも伸とひとみはまだ始まったばかりで、その恋が未練に終わるかどうかは誰にも分からないのだ。

伸ならきっと言う。

行けるとこまで行こうや。

だって二人のことやん。二人とも降りたくなったら降りたらええやん。

たとえ二人が途中で降りたくなったとしても、伸ならそれまでの時間を無駄だったとは絶対言わない。ひとみもその時間を無駄だったとは決して思わない。

もしいつか、二人でずっと行けると思えるようになったら、とても大雑把に決めたサイトのタイトルの意味を伸に教えよう。

レインツリーはアメリカネムノキの別名で、ひとみ的にはレインツリー＝ネムノキ。そして、ネムノキの花言葉は「歓喜」、「胸のときめき」。

「歓喜の国」、そして「心ときめく国」。現実で自分に訪れるなんて思っておらず、だからこそ逆説的な憧《あこが》れでつけた歓喜に満ちたその国の名前。恋に恋するかのようにつけた名前。

まるで伸さんと出会うためのような名前を知らずにつけてたみたいだね。

そう言ったら、青春菌合戦はきっとひとみの一人勝ちだ。さすがの伸もぐうの音も出なくなるだろう。願わくば、そのときの伸の照れた顔を現実に見られますように。

漆黒の鏡になった窓に向かって、ひとみは短くした髪をかき上げた。まるで周囲の誰かに補聴器を誇示するように。

それはささやかな仕草だったが、無理解でひとみたちのような人間を傷つけることが多い世界に少しだけ何かを主張してやれたような気になれた。

家に帰ったら伸にメールを書こう。
帰りの電車の中で、髪をかき上げてやりました。
伸はきっと誰にとは訊《き》かずに「したたかになったなぁ」と笑ってくれるはずだった。

Fin.

あとがき

この本は私にとって初のシリーズ物となりました『図書館戦争』シリーズ二作目の『図書館内乱』（アスキー・メディアワークス）と内容が一部リンクしています。

『図書館内乱』にはこの『レインツリーの国』がキーアイテムとして登場します。

新潮社とアスキー・メディアワークスのコラボレーション企画として、この二冊の本はどちらも二〇〇六年の秋に刊行されました。

そして今年、二〇〇九年の「新潮社・夏の百冊」で『レインツリーの国』が文庫化されることになりました（単行本のときは『レインツリーの国』が一ヶ月遅れの発売でしたが、『図書館戦争』シリーズの文庫化の目処《めど》は立っていませんので、文庫化は『レインツリーの国』がリードをつけた形になります）。

さて、他社間コラボレートという企画については色々と無茶に突っ走った思い出がありります。何しろ出版の期間が正味一ヶ月ずれていないのでほぼ同時進行、そのうえ私が「『内乱』カバー絵の中に『レインツリーの国』の表紙を取り込みたい、それもデータをいじって塡《は》め込むのではなく、手書きでコラージュしてほしい」という提案をしたがために、そしてまた両社が気前よくこれを呑《の》んでしまったがために、「先行して進行していた『内乱』カバー絵がイラストの中に『レインツリー』表紙分の空白を空けて『レインツリー』装丁出来を待ち、突貫工事で印刷所にぶっ込む」というミラクルな進行に。

『内乱』は『レインツリー』の装丁待ちのため、『レインツリー』は『内乱』に装丁を先渡しするため、通常の進行を入れ替えてフレキシブルにも程がある稼働《かどう》。原稿はこの時点で二冊分完パケ待機（言い出しっぺなので当然の義務です）、それでも印刷がギリギリという綱渡り進行でした。

「これ面白くない⁉」の一言でこんなことがやれてしまいました、という事例です。言ってみりゃ案外やれるもんだ。

文庫版『レインツリーの国』は装丁を単行本から引き継いでいますので、『内乱』でどんなふうに表紙を飾っているかも確かめていただけると幸いです。

面白いことをしたかったのはもちろんですが、このコラボ企画を提案したことには真面目《まじめ》な理由もちゃんとありました。

『図書館内乱』ではーエピソードとして中途失聴と難聴を扱ったのですが（聾《ろう》、聾唖《ろうあ》との区別については参考文献をご覧ください）書いているうち、この問題を抱えた人々を「これは『図書館戦争』シリーズの一エピソードではなく、この問題を抱えた人々を主軸にして真っ向勝負で飛び道具なしの恋愛物を書いてみたい」と思うようになったのです。

また、ちょうどその頃に私の夫が突発性難聴にかかり、早く病院にかかったことと医師の的確な治療で聴覚復帰したという経験が二回もありました。

たった二週間かそこら「耳の具合が悪いなあ、今度病院へ行こうかなぁ」と悩んでいるうちに、難聴が取り返しのつかない状態まで進行してしまうのが突発性難聴です。これは耳の病気に疎《うと》かった私たちにはたいへんな恐怖で、その取り返しのつかなさを微力ながら書きたかったというのが『図書館内乱』のエピソード。

そして調べるほどに「中途失聴及び難聴の方を主人公に据えた恋愛物が書きたい」という思いが形になったのが本書です。

『レインツリーの国』は別に何かを誰かに訴えたいとかそうしたことではありません。

訴えるべくは当事者の方が訴えておられます。物書きとしての私はそれにあやかってフィクションとしての物語を綴《つづ》らせて頂くだけです。

参考文献の体験談などを拝読し、自分でもドキッとすることがたくさんありました。たとえば後ろから自転車のベルを鳴らしているのに避《よ》けてくれないのでイライラする、なんてことは私も今まで何度か思ったことがあるのです。

そんな「自分もやっているかもしれない」ということを、自戒を籠《こ》めつつ積極的にエピソードに取り入れたことを思い出します。

でも人間というのは悲しいもので、こんなお話を書いたにも拘《かか》わらず、書くためにいろんなことを調べて知ったにも拘わらず、それでも私は自転車のベルに気がついてくれない人に苛立《いらだ》ってしまうことがあるのです。余裕がないと結局自分の都合を優先してしまうのです。

分かったつもりで分かっていない、分かった振りしかできていない。後からそんな自分を振り返るときの自己嫌悪《けんお》といったらありません。

しかし、何度でも自己嫌悪するしかないのだと思うようになりました。常に適切な振る舞いができないとしても、その度にそんな自分を思い知ることは無意味じゃない。そう信じるしかない。次から気をつけよう、何度でもそう思うしかない。

立派で正しい人になれないのなら、間違って打ちのめされる自分でいるしかない。少なくとも、何も感じなくなるよりは間違う度に打ちのめされる自分でいたい。

この作品を書いて三年、こう思うようになったのは、社団法人全日本難聴者・中途失聴者団体連合会の皆様にお話を伺ったり、アンケートのご協力を頂いたことが非常に大きいと思います。

アンケートには飾らない生身の言葉がありました。お話を聞かせてくださった方は、「我々の話はあくまでも体験談や実話であって、それを元にどういうお話を書くかは完全に有川さんの自由です」と仰《おっしゃ》いました。

腹が括《くく》れました。

この人たちを物語に都合のいい「キレイな人々」としては書くまい、と思いました。書きたかったものを存分に書かせてもらおうと思いました。

私が書きたかったのは『障害者の話』ではなく、『恋の話』です。ただヒロインが聴覚のハンデを持っているだけの。

聴覚障害は本書の恋人たちにとって歩み寄るべき意識の違いの一つであって、それ以上でも以下でもない。ヒロインは等身大の女の子であってほしい。

その人たちと接してそう思いました。

「ひとみ」がどんな女の子になったか、「伸」がどんな青年になったかは本編をご覧ください。


過日、手紙を一通もらいました。

差出人は若いお嬢さんで、聴覚障害を持った方でした。

手紙は自己申告がなければそんな事情は窺《うかが》えないほど、イマドキのお嬢さんらしい潑剌《はつらつ》とした文面でした。かわいらしい筆跡も文章に飛び交うハートマークやビックリマークも、同年代の他のお嬢さん方とまったく変わらない。

正に等身大の女の子でした。

お友達と私の本の感想を話したと仰り、『レインツリーの国』の読書感想文を同封してくれていました。

この本を作った私たちにとって、この一通の手紙が報われた象徴になったことは、言うまでもありません。

有川浩

参考文献

「中途失聴者と難聴者の世界　見かけは健常者、気づかれない障害者」

（山口利勝　二〇〇三年　一橋出版）

「耳のことで悩まないで！―中途失聴・難聴者のガイドブック―」

（中途失聴・難聴者ガイドブック作成委員会
二〇〇三年　社団法人全日本難聴者・中途失聴者団体連合会）

「聴覚障害への理解を求めて　発言①」

（津名道代　一九八七年　社団法人全日本難聴者・中途失聴者団体連合会）

「聴覚障害への理解を求めて　発言②」

（津名道代　一九九四年　社団法人全日本難聴者・中途失聴者団体連合会）

「―聴覚障害を生きる女性達―」

（橋本美代子編　平成四年　発行者：橋本美代子＊現絶版）

「あなたの声が聴きたい　難聴・中途失聴・要約筆記」

（藤田保・西原泰子編　二〇〇三年　図書出版文理閣）

「妖精作戦」（笹本祐一　昭和五九年　朝日ソノラマ）
「ハレーション・ゴースト」（笹本祐一　昭和六〇年　朝日ソノラマ）
「カーニバル・ナイト」（笹本祐一　昭和六〇年　朝日ソノラマ）
「ラスト・レター」（笹本祐一　昭和六〇年　朝日ソノラマ）

解説

——これは戦いの物語です

山本 弘

「この前、小説読んだの。恋愛小説。そのはじまり方が面白くて。恋のきっかけがライトノベルなの」

「ライトノベル？」

「そう、ヒロインが一〇年前、高校生の頃に読んだライトノベルの感想をネットに書いて、それを読んだ主人公がメールを送って、それがきっかけで恋に発展していくの。すごく優しくて、いいお話。（中略）」

——山本弘『詩羽《しいは》のいる街』（角川書店）

いきなり自分の小説の引用からはじめてごめんなさい。なぜ僕に『レインツリーの国』の解説の依頼が来たかというと、『詩羽のいる街』の中にこういう一節を入れたからなのです。

僕は有川さんの大ファンです。デビュー作の『塩の街』（メディアワークス）から最新作『三匹のおっさん』（文藝春秋）まで、単行本になった作品はすべて読んでいます。

「この人にはかなわないなあ」

そう思ったのは『海の底』（メディアワークス）を読んだ時です。横須賀港を巨大なエビの怪獣の群れが襲撃するという話ですが、ちょうどその頃、僕も『MM9』（東京創元社）という怪獣ものを雑誌連載していて、第一話が思いきりネタがかぶってしまい、頭を抱えたものです。しかも、明らかに『海の底』の方が数段面白いんです。

「怪獣ものなんて」と尻《しり》ごみされる方もおられるかもしれませんが、未読の方はぜひ読んでみてください。燃えるバトル・シーンもありますが、むしろ極限状態の人間心理の描き方が絶妙です。少女の淡い恋も出てきますし、結末には感動します。

ちなみに、恋愛小説短編集『クジラの彼』（角川書店）に収録された「クジラの彼」「有能な彼女」は『海の底』の裏話と後日談、「ファイターパイロットの君」は『空の中』（メディアワークス）の後日談なので、どちらも先に長編を読んでおくことをおすすめします。『空の中』もいいですよ。特に究極のツンデレ・キャラ、武田光稀の凶暴な可愛《かわい》らしさには悶絶《もんぜつ》したもんであります。

どの作品も発想がユニークです。『クジラの彼』収録の「ロールアウト」なんて、自衛隊に納入される新型輸送機の設計、それもトイレの構造をめぐる攻防が恋愛に発展していくなんて、普通は思いつきません。

この『レインツリーの国』も、一冊のライトノベルが恋のきっかけになるという発想には、「やられた！」と思いました。しかもその『フェアリーゲーム』という小説の展開が、伸とひとみの関係にオーバーラップするという構成。上手《うま》いです。

僕もライトノベルをずいぶん書いてきました。ライトノベル（軽い小説）という呼び名の通り、普通の小説よりも軽く読めるものが多いのですが、決して小説としての価値が低いというわけではありません。それは時として、誰かの人生を左右することもあるのです。実際、ライトノベルを読んで小説家を志したという人を、僕は何人も知っています。

有川さんの作品の最大の魅力は、会話の上手さだと思います。

僕は「言葉のテニス」と呼んでいます。相手の心に言葉というボールを打ちこむ。絶好の球だと慢心していたら、思いがけない角度から打ち返されてびっくり。えっ、その言葉をそう取られるの、と困惑しつつも、さらに別の角度から球を打ち返す。相手も懸命に追いすがりながら反撃してきて……と、言葉によるラリーが続くのです。

男性である僕が有川さんの恋愛小説を楽しめるのも、恋愛模様が下手なサスペンス小説顔負けにスリリングだからです。男女が互いの真摯《しんし》な気持ちを言葉に乗せて打ち合う、手に汗握るバトル小説なのです。『図書館戦争』シリーズ（メディアワークス）の堂上と笠原の会話も傑作ですが、この『レインツリーの国』でも、伸とひとみのメールのやり取り、特に二章の最後から三章にかけてや、四章から五章にかけての展開が、鳥肌が立つほどの素晴らしさです。

攻めるべきか退却すべきかという葛藤《かっとう》。相手を思いやったつもりの言葉が思わぬ反撃を受け、自分の身勝手を思い知らされる。打算なんかじゃなく、真剣に愛するがゆえに、伸とひとみはあえて本音をぶつけ合い、戦い、傷つけ合いながら、本当の愛を育《はぐく》んでゆくのです。

もうひとつ、『レインツリーの国』を語るうえで避けて通れないのは、これが障害を持った女性の恋愛を真正面から描いた話だということです。

この小説はもともと『図書館戦争』シリーズに登場する架空の本でした。ご存知ない方のために少し解説しておくと、『図書館戦争』の世界の日本では、メディア良化委員会という組織が存在し、「公序良俗を乱し人権を侵害する表現を取り締まる」という名目で言論弾圧を行なっているという設定です。彼らは「禁止語」のリストを作り、それらの言葉を使った本の出版を許さないのです。主人公の笠原たち図書隊員は、図書館の自由を守るために、メディア良化委員会の検閲と戦っています。

シリーズ第二作『図書館内乱』の中の、「恋の障害」というエピソードでは、図書隊員の小牧が、幼なじみで難聴者の少女・毬江《まりえ》に、この『レインツリーの国』を勧めます。それを口実に、メディア良化委員会は小牧を連行し、拷問《ごうもん》まがいの査問にかけます。聴覚障害者の出てくる本を聴覚障害者に勧める行為は人権侵害である——と、彼らは小牧を糾弾します。当事者である毬江の心情など、まるで考慮せずに。

もちろん、すでに『レインツリーの国』を読まれた方なら、メディア良化委員会の主張があまりにも的はずれで横暴であることがお分かりでしょう。この素晴らしい小説を人に勧めることが、人権侵害なんかであるはずがないのです。

愛する小牧を救うために、毬江は自ら良化委員会に乗りこみ、委員たちに向かってこう言い放ちます。

「障害を持ってたら物語の中でヒロインになる権利もないんですか？　私みたいな女の子が恋愛小説の主役になってたらおかしいんですか？　私に難聴者が出てくる本を勧めるのが酷《ひど》いなんて、すごい難癖。差別をわざわざ探してるみたい。そんなに差別が好きなの？」

『図書館戦争』は架空の話ではありません。それはげんに今、現実のこの日本で起きていることなのです。

現実が『図書館戦争』の世界と違うのは、「禁止語」を取り締まっているのがメディア良化委員会という架空の組織ではなく、マスメディア自身だということです。一九七〇年代、一部の人権団体がちょっとした表現にも過敏に抗議してきた時期があり、それに対応するために出版社や放送局が自主規制を開始したのです。今ではほとんどの大手出版社、放送局、新聞社に、自主規制語（禁止語）のリストがあります。作家がそれらの言葉を使うと注意され、書き換えや削除を要求されます。

無論、それが本当に差別をなくすのに役立つなら、自主規制もやむをえないでしょう。しかし、現実はまったく逆です。

最大の問題は、自主規制の対象が、文章の内容が差別的かどうかではなく、単語レベルで判断されるということです。差別的なニュアンスなどまったくなく、障害者に好意的な内容であっても、禁止語を使っただけで規制されてしまうのです。

近年では、そもそも作中に障害者を登場させることすら避けるような風潮が存在します。たとえば僕は、少し前から、統合失調症の少女をヒロインにした恋愛小説の構想を練っています。もちろん、統合失調症について勉強し、病気で苦しむヒロインのことを好意的に描こうと思っています。ところが、この小説のプロットを語って聞かせると、どの編集者も困った顔をします。「精神病を小説で扱うのは難しい」というのです。

このようにして、障害者の実態が読者や視聴者の目から隠されてゆきます。自主規制があるために、障害者を正しく好意的に描くことすらできないのです。これでは本末転倒です。

『図書館戦争』がアニメ化された時、「恋の障害」が問題になりました。このエピソードはＤＶＤの３巻に（「恋ノ障害」というタイトルで）収録されたものの、ＴＶでは放映されなかったのです。

有川　（中略）例えばアニメで、小牧と毬江のエピソードが地上波で放送されなかったのは、毬江が聴覚障害者という設定だったからなんです。毬江のエピソードはTVではできません、ということがアニメ化の大前提だったんです。それを了承してもらわないと『図書館戦争』はアニメ化できません、と真っ先に言われたことがとても衝撃的でした。（後略）

――『活字倶楽部』二〇〇八年秋号「有川浩ロングインタビュー」

この話を知って、僕は本当に腹が立ちました。いったい難聴者の出てくるエピソードをTVで放映することの何が悪いというのでしょう。それではまるで、『図書館戦争』の中でメディア良化委員会がやっていることと同じではありませんか。

毬江なら言うでしょう。「障害を持ってたら、TVアニメのヒロインになる権利もないんですか？」と。

フィクションというのはノンフィクションよりずっと大きな影響力を持ちます。ノンフィクション本を読まないしTVのドキュメンタリーも観《み》ない人でも、小説は読むし、ドラマやアニメは観るからです。ですから、障害や病気を持つ人を物語の中で正しく描くことは、人々の理解を深め、差別をなくすのに大きな力となります。

　実際、僕はこの『レインツリーの国』を読んで、難聴者への理解を深めました。日常生活でそんな苦労があるのかと、勉強になりました。

　もちろん、そうした要素を抜きにしても、『レインツリーの国』は純粋に物語として感動的です。それが大切です。いい小説は多くの人に読まれます。小説を通して読者が理解を深めれば、ほんの少しではあっても、この世界を良くするのに役立つはずです。

　ひとみや毬江のような女性が小説やアニメのヒロインになれないような世界――彼女たちのことをおおっぴらに語れないような世界は、絶対におかしいのです。


（平成二十一年五月、作家）